영화감독을 꿈꾸는 몽골 소녀 아리오나의 자전적 성장소설

# 날개를 달아 준 그대

## 바트볼드 아리온사이항

대경북스

# 날개를 달아 준 그대

**1판 1쇄 인쇄** 2025년 1월 2일
**1판 1쇄 발행** 2025년 1월 8일

**발행인** 김영대
**펴낸 곳** 대경북스
**등록번호** 제 1-1003호
**주소** 서울시 강동구 천중로42길 45(길동 379-15) 2F
**전화** (02)485-1988, 485-2586~87
**팩스** (02)485-1488
**홈페이지** http://www.dkbooks.co.kr
**e-mail** dkbooks@chol.com

ISBN 979-11-7168-072-6  03810

# 날개를 달아 준 그대

바트볼드 아리온사이항

대경북스

# 1

나는 지금 좁디좁은 화장실에 앉아 가슴을 두드리고 있다. 이렇게라도 내 가슴을 때리지 않으면 심장이 당장 가슴 밖으로 튀어나올 것만 같다. 핸드폰 화면을 보고 있자니 눈앞이 뿌옇게 흐려진다. 눈물이 주체할 수 없이 흐르고, 온몸이 후들거리고, 손마저 떨리고 있다.

아직도 믿기지 않지만 모든 것은 확실하다. 7년 동안의 연애, 4년 동안의 동거, 지금까지 남자친구라 생각했지만 아무 것도 아닌 것이 되었다. 빌궁이라는 이름 외에 아무것도 없다. 그와 연락하던 여인들이 보내온 메시지들을 보고 있자니, 마치 내 안에 다른 누군가가 들어온 듯하다. 짜고 쓰라린 눈물이 하염없이 흘러내린다. 그렇게 말라가는 것처럼 눈꺼풀에 붙어있던 마지막 눈물 방울이 떨어지고 다시 맑아진 나의 눈에 그의 학교 동창생 여자에게서 온 메시지가 들어왔다.

- 사랑해, 보고 싶어. 자기야, 빨리 몽골에 돌아와. 너 닮은 잘생긴
  아들을 낳고 싶어.
- 그래, 자기야, 잘 자!'

빌궁의 답을 보고 있자니 그냥 재미있다는 생각이 들었다. 사랑이란 도대체 뭘까? 이렇게 메시지를 통해서도 누군가를 사랑할 수 있는 걸까? 허무한 생각이 가슴을 아프게 해 어찌할 바를 모르다가 조금 진정되려던 차에, 다른 메시지가 왔다.

- 오늘 만나서 반가워, 핸섬 가이!

이렇게 시작하는 메시지로 그 다음은 보여주기가 지극히 민망한 내용이다. 이 둘은 하룻밤을 같이 보냈다. 정말 좋았던 것 같다. 맙소사, 왜 빌궁의 핸드폰을 들여다봤을까? 한숨을 내쉬며 변기 물을 내렸다. 앞으로의 인생과 믿음도 변기 물과 함께 하수구를 통해 흘려보낸 것 같았다.

화장실을 나와 방으로 갔다. 마침 그 '핸섬 가이'가 정신을 잃고 쓰러져 마치 아무 일도 없는 것처럼 자고 있다. 순간 살인충동을 느꼈다. 몸 안에 있던 내 영혼이 분리되어 나와 나를 비웃으며 들여다

보는 듯한 느낌을 받았다. 이런 걸 유체이탈이라고 하나? 자고 있는 그를 깨우려고 다가갈 때, 새로운 메시지가 왔다.

- 자기야, 들어갔어?

또 다른 여자다. 호기심이 생겼다. 확인해 보니 이 여자와 자주 영상 통화를 하고 몇 시간이나 통화를 했었다. 가장 최악인 것은 휴대전화 앨범에 빌궁이 이 여자와 키스하는 사진이 있었다. 그것을 보는 순간 미칠 것 같았다. 온몸의 털이 곤두서 진정하고 참으려고 온 힘을 다했다.

정말 이 세상에 선과 악이 동시에 존재할까? 그러면 오늘 나는 세상의 모든 악을 만나고 있는 것일가? 촬영을 위해 제주도에 2주간 다녀왔을 뿐인데, 그사이에 어떻게 이렇게 많은 일이 일어날 수 있지?

말할 필요도 없이 빌궁은 동대문 몽골타운 근처 호텔에서 매춘부까지 만났다. 얼마나 한심하고 참을성 없는 남자인가! 세상 모든 남자가 다 이럴까? 누워 있는 빌궁을 쳐다보기조차 싫다. 그저 섹스에 미친 개새끼였단 말인가?

보통 여자들은 육감이 뛰어나다고 한다. 딱히 육감이 뛰어나지 않아도 느낄 수 있었다. 제주도에서 돌아온 이후로 그는 집에 늦게 돌아오고, 휴대 전화 화면이 보이지 않게 뒤집어 놓고, 담배를 피우고 오겠다며 자주 밖으로 나갔다. 사실 빌궁은 집에서 담배를 피우지 않았고, 술도 오늘처럼 정신을 잃을 정도로 마시지 않았다. 그의 마음이 멀어졌다는 것을 느꼈기에 전화기를 확인해 본 것이다. 그런데 오히려 내가 뭔가 나쁜 일을 한 것 같은 느낌이 든다.

빌궁이 사실대로 말했다면 나는 그냥 조용히 떠났을 거다. 지금까지 우리가 종종 다투었던 가장 큰 이유가 그가 왜 늦게 왔는지, 누구와 함께 있었는지를 물으며 집착한다고 생각했기 때문이었다. 하지만 나는 집착하지도 않았고, 늦었다고 또 술을 마셨다고 뭐라 하지도 않았다. 심지어 자주 전화해 어디 있는지 이것저것 묻지도 않았다. 심지어 같이 일하고 있는 언니가 "네 남자 친구가 밤에 다른 여자랑 같이 있더라."라고 귀띔했을 때도 믿지 않았다.

나는 내 눈으로 확인하지 않으면 믿지 않는 사람이지만, 지금 모든 것을 믿게 되었다. 한 번은 목에 붉어진 부분이 있어 물으니 모기에게 물렸다고 했다. 지금 보니 인간 모기였던 모양이다. 나는 지금껏 빌궁이 나를 사랑하고 있다고 완전히 믿고 있었다. 그래서 그 순진한 믿음에 이끌려 몇 년을 함께 보낸 것이다.

상대에게 집착하는 사람은 자기도 바람을 피우고 있거나 자신감이 부족한 사람이라는 말이 있다. 바로 빌궁, 네가 바람을 피우고 있었던 거야. 그것도 아예 당당하게 말이지. 바닥에 엎어져 자고 있는 그를 그냥 내버려둘 수 없어 "일어나!" 하고 소리쳤다. 반응이 없다. 몇 번이나 반복해서 소리를 질러서야, 빌궁은 힘겹게 일어나 앉았다.

"소리는 왜 지르는 건데?"

빌궁은 마르고 쉰 목소리로 말하며 눈을 비볐다.

나는 휴대전화 앨범에서 키스하며 찍은 사진을 꺼내 보여주며 물었다.

"얘는 누군데?"

그에 대한 대답 대신 빌궁은 짜증을 냈다.

"왜 전화를 마음대로 보고 그래?"

나는 화가 치밀어 전화기를 벽에 던졌다.

당황한 듯 휘둥그래진 눈으로 빌궁은 조각나 흩어진 전화 부품들을 조립하더니 전원을 켜려고 했다. 전화기를 괜히 던졌나 하고 후회스러운 생각이 머리를 스칠 무렵 '퍽'하는 소리가 들렸다. 빌궁은 전화기가 작동하지 않자, 화를 참지 못하고 전화기를 벽에 던져버리고는 다시 누웠다.

나는 더 이상 소리를 지를 기운도 없었고, 그의 광기에 찬 눈빛을 보고 싶은 생각도 없어졌다. 전에 빌궁이 여러 번 잠에서 깨어나 뒤에서 나를 끌어안으며 "방금 네가 나를 떠나가는 꿈을 꾸었어." 라고 말했을 때, 내가 많이 놀라서 "그래서 어떻게 됐는데?"라고 물으니 "네가 멀어져 가는데, 아쉽지 않았어."라고 했던 말이 생각났다.

나는 서서히 진정했다. '이렇게 계속 살아야 할까? 앞으로 어떻게 해야 하나?' 이것 저것 생각하다가 겨우 잠이 들었다.

*** 

반쯤 열린 창문 사이로 들어온 아침 햇살이 테이블 위를 밝게 비춘다. 꽂혀 있는 책들, 닫혀 있는 노트북, 벽에 붙어 있는 작은 메모지에 적혀 있는 단어들, 벽에 걸려 있는 TV, 그 아래 부서진 빌궁의 전화기 조각들. 침대 위에 무릎을 꿇고 앉아 방바닥에 흩어져 있는 이불을 비롯해 집안을 둘러보았다. 빌궁은 나에게 사과도 하지 않고 일하러 갔다. 여느 평범한 날처럼 아무 일도 없었다는 듯 출근했다. 존중과 인간다움이 사라진 이곳에서 떠나고 싶다는 생각만 가득했다.

빌궁은 일을 빨리 끝내고 돌아와서는 아무 말도 하지 않는다. 멍하니 그를 보고 있다가 참을성을 잃고 내뱉듯 말했다.

"당장 우리 집에서 꺼져."

사실 완전히 다른 말을 하려고 했었는데….

빌궁은 놀라서 나를 쳐다봤다.

"미안해, 내가 잘못했어."

그제야 사과의 한마디를 던지며 나를 안으려고 했다. 하지만 나는 이미 용서할 수 없는 상황이 되었음을 깨달았다. 용서 그 다음이 두려웠다. 또다시 나를 사랑하지 않는 이 사람과 붙어 사느니 차라리….

"다른 여자가 생겼으면 그 여자에게 가. 네가 한 선택이잖아."

나는 한동안 뚫어지게 빌궁을 쳐다보았다. 빌궁은 깊은 생각에 잠긴 듯 고개를 끄덕였다. 내 말이 맞다는 의미일까? 사실 빌궁은 자기 생각이 없는 사람이었다. 내가 이렇게 다그치니 그에게는 다른 선택의 여지가 없었을 것이다.

전에 이렇게 물은 적이 있다.

"너는 꿈이 뭐야?"

"너, 네가 바로 내 꿈이야."

그는 자신의 꿈을 실현하기 위해 노력할 생각도 없었고, 그렇게 노력하는 사람도 아니다. 우리 둘의 차이가 바로 이것이다. 같이 살아온 4년 동안 나는 빌궁을 책임지는 것을 삶의 목적으로 여기고, 열심히 노력했다. 빌궁은 내가 떠나게 되면 그 사실을 깨닫게 될 것이다. 이렇게 나는 속으로 '내일 영원히 너를 떠날 거야!' 라고 다짐하며 더 이상 다투지 않았다.

빌궁이 잠든 후, 한국어학당에서 함께 공부했던 가장 친한 친구에게 메시지를 보냈다. 내 친구 이름은 아자(행운, 복이라는 의미)다. 이름처럼 밝고 반짝이는 소녀다. 그는 이미 결혼해 두 딸의 엄마가 되었다. 나는 아자의 결혼식 증인이었으며, 웨딩 부케도 내가 받았다. 한국에서는 결혼식에서 신부가 던지는 웨딩 부케를 받을 사람은 보통 6개월 이내에 결혼할 사람이라고 한다.

우리는 당시 한국의 문화를 알지 못했고, 아자는 가장 친한 내게 부케를 주었던 것이다. 아자는 자기가 원하는 모든 좋은 것들이 나에게도 이루어지기를 바라는 내게는 자매같은 친구다. 내가 무엇을 좋아하고, 무엇을 원하는지, 지금 왜 이렇게 됐는지 이유까지도 잘 알고 있다. 내가 아자에게 '빌궁과 헤어지기로 했어. 내일 아침 9시에 나를 데리러 와.'하고 메시지를 보내자, 모든 것을 바로 이해한 듯 아침에 만나자는 답장이 왔다. 그렇다, 우리 둘은 이유를 물어볼 필요도 없는 친구인 것이다.


나는 밤새도록 한숨도 못 자고 새날을 맞이했다. 빌궁은 여전히 아무 일도 없었다는 듯 자고 있다.

"이제 우리 둘은 끝났어. 내일부터 너는 나를 볼 수 없을 거야. 영원히 안녕!"

뒤에서 그를 껴안고 등에 마지막 키스를 하며 속삭였다. 그 순간 원한과 증오가 사라진 듯 마음이 진정되고 숨을 쉴 수 있게 되었다.

빌궁이 맞춰놓은 아침 6시 알람이 울렸다. 나는 빌궁이 나갈 때까지 벽을 바라보며 자는 척했다. 빌궁은 집을 나가기 전, 나에게 다가와 내 볼에 뽀뽀했다. 이윽고 문이 닫히는 소리가 들렸다.

오늘 인생의 전환점이 될 책임 있는 걸음을 내디디려 한다. 스물두 살 꽃다운 나이에 한국에서 처음 만나 기쁨과 슬픔을 함께 나누고, 사랑하고, 서로에게 삐지며, 7년의 연애 기간에 4년을 동거한 우리의 관계가 이렇게 끝난 것이다. 나는 집을 아주 떠나려고 한다. 서둘러 옷을 입고 캐리어를 꺼내 옷장에 있던 소지품과 신발을 넣고, 옷은 다른 가방에 넣었다. 책 몇 권과 작은 물건들을 상자에 담고 있는데 아자에게서 전화가 왔다.

"지금 밖에 도착했어. 빌궁은 없지?"

"응, 없어, 들어와."

아자는 곧바로 들어와 나를 안아 준 후 준비해 둔 짐을 가지고 나갔다. 마지막 짐을 문 앞에 놓고 신발을 신고 집을 둘러보며 문 앞에 서 있는데 나도 모르게 눈물이 가득 고였다. 아자가 들어오며 말했다.

"다 됐어? 갈까?"

아자는 내 짐을 들고 먼저 나갔다. 왠지 모르게 흐르는 눈물을 삼켰다. 빌궁이 올 것 같다는 생각이 들어 서둘러 차로 달려갔다.

차에 타자 아자가 물었다.

"너 괜찮아?

"괜찮아."

이후로 우리는 한동안 말없이 갔다.


이제 어떻게 살아야 할까? 이렇게 하는 것이 옳은 것일까, 아니면 잘못한 걸까? 오만 가지 생각이 머리속에 떠오른다. 빌궁의 행동을 생각하면 분명히 옳은 행동이다. 하지만 다가올 미래는 생각하면 머리가 아프고 가슴이 뻐근해졌다.

"미셸, 도착했어, 뭐 해? 빨리 차에서 내려."

아자가 채근한다. 나도 모르게 깊은 생각에 빠져있었나 보다.

"알았어."

짐을 들고 차를 나섰다.

마침 독일 친구에게서 메시지가 왔다.

"언니, 이사했어? 어디야?"

"아자의 집에 있어. 이리로 와."

아자와 나는 짐을 베란다에 모아놓고 간단한 옷들은 아이들 방 중 한 곳에 두었다. 곧 독일 친구가 밖에 도착했고 아자와 나는 아래로 내려갔다.

내 독일 친구의 이름은 안나이다. 우리는 3년 전 영화 촬영을 하러 몽골에 간 이후로 예술적인 동반자이자 언니, 동생 사이가 되었다. 문화와 관습은 다르지만 마음이 통하는 친구다. 의지할 곳 없는 이국 땅에서 서로에게 없으면 안 되는 사이다.

두 친구는 나를 위로하기 위해 내가 좋아하는 삼겹살집으로 데려갔다. 나는 속으로 여전히 불안했다. 빙궁의 일이 끝나는 시간을 생각하며, 내가 없는 집에 들어와 뭘 할까 하는 생각에 빠져 고기를 먹는 둥 마는 둥 했다. 한국 사람들이 입맛이 없다고 자주 말했었는데, 그 말의 의미를 이제서야 알게되었다. 그렇게 좋아했던 고기와 된장찌개가 목으로 넘어가지 않았다. 안나가 소주 한 잔을 내 손에 쥐여주며 말했다.

"미셸 언니, 만일 같이 있을 때 행복하지 않다면, 언니가 하는 일이 맞아"

아자도 옆에서 보탰다.

"그래, 맞아, 그걸로 충분해, 어떤 사람인지 알았잖아. 응! 지금은 그냥 술이나 마시자."

슬플 때 마시는 술이 쓰다는 것을 처음으로 느꼈다.

'그래, 모든 것을 잊어, 미셸.'

내가 속으로 나 자신에게 말하는 사이 안나가 다시 술을 따라주었다. 다 사람 모두 내 말을 주의 깊게 들어주며, 내 마음을 풀어주려고 같이 울고 웃으며 하루를 보냈다.

그러다가 빌궁이 집에 들어왔는지 나에게 전화를 했는데 받지 않자, 문자를 보냈다. 메시지를 읽지도 않고 삭제하고 전화를 아예 꺼버렸다.

며칠 동안 친구 집에서 정신을 추스리기 위해 애썼다. 그러다가 친구에게 오랫동안 부담을 주는 것 같아 마음이 조급해지기 시작했다. 어느 날 밤, 침대에서 울고 있는데 아자가 들어와 나를 안아주며 말했다.

"미셸, 넌 강하고 유쾌한 사람이잖아. 충분히 노력했어. 이젠 널 생각해. 문은 여기저기 열려 있어."

아자는 곧 나를 껴안고 흐느껴 울기 시작했다.

"아자, 미안해. 나 정말 힘들어. 말로 표현할 수 없을 정도야. 내가 왜 이러는지 모르겠어. 지금 내가 할 수 있는 건 빌궁을 증오하는 것뿐이야. 깊게 든 정이 너무 나를 힘들게 해."

"그래, 이해해, 미셸! 속이 풀릴 때까지 울어! 왜 혼자 괴로워하는데? 내가 네 곁에 있잖아. 지금은 울고, 내일부터는 유쾌했던 이전의 미셸로 돌아가자."

나를 위해 눈물을 흘려주고, 작은 성과에도 자기 일처럼 기뻐했던 친구의 소중함을 깨달았다. 다시는 이런 나약한 모습을 보이지 않겠다고 맹세했다. 우리는 오랫동안 이야기를 나누었고, 잠시 몽골에 다녀오는 것으로 결론내렸다.

**16**

빌궁은 내 친구들에게 내가 어디 있는지 물어는 보았지만, 자기 발로 찾아오지는 않았다. 그는 원래 그런 사람이었다. 그저 시늉만 한 것이다. 앞서 말했듯이 그는 노력하는 사람이 아니었다. 사랑하고 좋아하는 척했을 뿐이다. 내가 아자의 집에 있을 거라는 것도 알고 있었지만 찾아오지 않았다. 그에게 우리 여자들은 시간이 풀리면 쉽게 화도 풀리고 그저 남자를 용서해 주는 사람인 것이다. 하지만 나는 그렇게 할 생각이 없었고, 오기마저 생겼다.

몽골로 가는 내일자 편도 항공권을 샀다. 꿈과 자신감은 사라졌고, 지금은 어디서 무엇부터 해야 할지도 모르겠고, 일어설 힘조차 없다. 나에게는 단 하나의 출구가 남았는데, 그것은 엄마가 있고 내 형제들이 있는 조국으로 돌아가는 것이다. 몽골에는 이런 말이 있다. "어미 배 속에서 팔린 망아지조차 조국을 그리워하며 달려온다." 심지어 나는 사람이다. 망아지마저도 그리워하는 조국인데, 나의 가족만큼은 나에게 다시 일어설 힘을 줄 것이라 생각했다. 한국에서 9년을 살았는데, 이제 다시 뒷걸음질을 치고 있다. 나는 퇴보한 것일까? 오직 시간만이 옳은지 아니면 그른지 밝혀줄 것이다.

# 2

　2년 만에 고국으로 돌아간다는 생각에 마음이 설렜다. 언제 다시 한국으로 돌아올지 모르겠다. 그렇게 나는 자신을 찾기 위한 여정을 시작했다.

　여객기 창문으로 한국이 점점 멀어지며 구름 너머로 사라지는 것을 보는 동안, 지난 9년 동안의 일들이 주마등처럼 뇌리를 스쳐갔다. 뜨거운 눈물이 나를 위로하듯 뺨을 타고 흘러내렸다.

　오색의 구름 사이로 밝게 빛나는 햇살이 오직 나만을 비추는 것 같다. 아버지가 내 손을 잡고 내 귀에 속삭인다.

　"내 딸, 항상 긍정적으로 생각해."

　"절대 뒤돌아보지 말고, 네가 선택한 길로 계속 가."

　아버지에게서 눈을 뗄 수 없어 계속해서 아버지를 응시했다. 내가 두려워하고 있다고 생각하셨는지 아버지는 내 손을 꼭 잡고는 아주 길게 뻗어있는 길까지 함께 걸었다.

"비행기가 칭기즈칸 공항에 도착했습니다. 좌석을 바로잡아 주시기 바랍니다!"

안내 멘트 소리에 잠에서 막 깨어났다. 하늘에 계시지만, 내 마음속에 영원히 살아계신 아버지 꿈을 꾼 것이다. 행복하고 소중한 꿈이었다. 꿈 속의 아버지를 떠올렸다. 꿈에서 딸에게 다가와 위로해 주신 아버지 덕에 마음이 진정되었고, 두려움도 사라져 버렸다. 비행기가 착륙하는 굉음 속에서 "내가 돌아왔다."라고 소리 지르고 싶을 정도로 흥분했다.

세관을 통과할 때 검사관이 친근한 말투로 말했다.

"고국에 오신 것을 환영해요!"

웃으며 "감사합니다."라고 대답하고는 짐을 찾는 곳으로 빠른 걸음으로 걸어갔다. 지난 번 몽골에 도착했을 때는 이번처럼 흥분되지 않았다.

배낭을 멘 채 캐리어를 끌고 밖으로 나왔다. 몽골의 바람조차도 "잘 다녀왔어?"라며 키스하듯 부드럽게 어루만지는 것 같았다. 눈을 감고 푸른 하늘과 찬란한 햇빛을 향해 얼굴을 내밀고 있는 힘껏 숨을 들이마셨다. 전에도 이렇게 많은 공기를 한 번에 마셔 본 적이 있을까? 가슴 가득 찬 숨을 내쉬려는데, 갑자기 뒤에서 누군가의 기척이 느껴진다. 깜짝 놀라 뒤돌아보니 어느새 어엿한 청년이 된 남동생이 뽀뽀하라는 듯 볼을 내밀고 있었다.

"잘 다녀왔어? 짐은 제대로 확인했지?"

"물론이지. 그래서 빨리 나온 거잖아."

동생이 잠시 나를 훑어보더니 대뜸 이야기한다.

"누나 좀 작아진 것 같은데…."

"날씬해져서 더 예뻐졌지?"

가볍게 응수하며 캐리어를 차 트렁크에 밀어넣었다.

"그런가?"

동생이 걱정스러운 표정으로 나를 바라본다. 뭔가 묻고 싶은데 참는 것 같았다. 사실 여기에 올 때까지 고통과 슬픔으로 음식이 목으로 넘어가지 않았고, 하루에 거의 1~2킬로그램씩 몸무게가 줄고 있다는 것을 나도 알고 있었다. 입고 있던 옷들이 크게 느껴질 정도였다. 당연히 동생도 눈치챘을 것이다. 석 달 전 한국에 일하러 왔을 때 우리 집에 왔으니.

동생과 내가 차에 막 타려고 할 때 누군가의 목소리가 들렸다.

"미셸, 미셸!"

뒤를 돌아보니 소꿉친구 에무징이 꽃다발을 안고 달려온다. 나를 껴안고 볼에 뽀뽀한 후에 꽃다발을 주었다.

"잘 다녀왔어? 아무튼 잘 왔어, 어디 보자!"

나의 행복과 불행, 모두를 알고 있고, 내가 넘어지면 일으켜 주고, 꾸짖으면서도 사랑해 주는 친구가 반갑게 맞이해 주었다. 중학교 동창 가운데 가장 먼저 엄마가 된, 학창 시절 절친 에무징이다. 우리 셋은 차를 타고 우리 집을 향해 달렸다.

집에 도착했다. 정겨운 울타리 안으로 들어서는데 짖어대던 개가 나를 보더니 짖는 것을 멈추고 애교를 부리며 매인 줄에서 벗어나려고 낑낑댔다. 엄마가 창가에 서서 나를 보고 있다. 눈빛만 봐도 내가 도착하기를 학수고대한 것이 역력했다.

집에 들어서는데 보즈(몽골 만두) 냄새가 진동했다. 엄마의 격렬한 포옹이 집에 돌아왔음을 실감케 해준다. 엄마 품에 안기는 순간 아빠와 이별 후 고통과 외로움을 표현하시지 않고 참고 살아온 엄마의 고독과 외로움이 물씬 느껴진다. 이 세상에 태어난 집의 냄새와 엄마의 품보다 더 정겨운 것이 있을까?

엄마가 담담한 척하며 물었다.

"내 딸, 반쪽이 됐네? 괜찮아?"

에무징이 옆에서 거든다.

"그래, 살 빠지고 더 예뻐졌네, 전에 내가 갔을 때 뚱뚱하고 이상했었는데."

엄마는 걱정스러운 눈길로 나를 쳐다보았다. 아닌 척해도 엄마

는 모두 알고 계실 것이다. 그런데도 아무도 말을 꺼내지 않았고, 내가 스스로 말하기를 기다리고 있었다.

그 사이 남동생이 캐리어를 가지고 들어왔고, 에무징과 나는 테이블 앞에 편안하게 앉았다. 엄마는 찌고 있던 만두를 꺼내 부채질로 식히고 있었다. 그사이 휴대 전화를 켜고 페이스북에 로그인했다. 에무징이 조금 전 공항에서 함께 찍은 사진을 올리고 "친구야, 몽골에 온 것을 환영해! 몽골, 울란바토르"라고 썼다.

벌써 댓글이 여럿 달렸다.

- 완전히 돌아온 거야?

- 영화 찍으러 온 거야? 파이팅… 연락처…

한편으로는 반갑기도 하고 관심을 가져주는 것이 좋았지만, 다른 한편으로는 만나면 이들에게 무슨 말을 해야 할까 큰 걱정이 생겼다. 9년 전, 내가 처음으로 집을 떠나 한국으로 갈 때, 내게는 영화감독이라는 꿈이 있었고 친구들 앞에서 신이 나서 꿈에 대해 이야기하고는 했다. 공항에서 배웅나온 친구들이 이별을 아쉬워했지만, 나는 빨리 이곳을 떠나 한국에 도착했으면 하는 생각뿐이었다. 미셸이라는 어린 소녀는 작은 몸에 비해 너무나 큰 꿈을 품고 멀리 떠난 것이다. 하지만 이제 길을 잃었고, 앞으로 어떻게 해야 할지 모르는 상태로 다시 돌아왔다.

이러한 생각에 빠져있다가 엄마 목소리에 퍼뜩 정신을 차렸다.

"내 딸, 밥 먹어!"

내 앞에 보즈가 가득 담긴 큰 접시를 놓고 따뜻한 우유차(몽골 차)를 컵에 따라주었다.

이때 오빠가 들어왔다.

"잘 다녀왔어. 마침 한국어 통역사가 필요했는데…."

오빠는 반색을 하며 테이블에 앉았다. 이렇게 엄마, 오빠, 동생, 친구와 한 식탁에 둘러앉아 따뜻한 대화를 나누고, 웃으며 뜨거운 만두를 먹고, 땀이 날 정도로 뜨거운 우유차를 마시니, 몸이 풀렸다. 아늑하고 좋은 느낌이다.

오빠의 휴대 전화가 울렸고 오빠는 전화를 들고는 밖으로 나갔다. 오빠네는 근처에 살고 있는데, 여름방학이라 새언니와 아이들이 시골에 가서 집은 비어 있었다. 동생은 막내 아이가 방금 태어나 어리기 때문에 만두 몇 개를 허겁지겁 집어먹고는 집으로 돌아갔다. 에무징도 "저녁 근무가 있어, 푹 쉬어, 또 보자."며 윙크하고는 길을 나섰다. 에무징은 한국에 있을 때도 자주 소통했고, 이번에 내가 왜 왔는지도 알고 있기 때문에 무심한 척하는 에무징의 행동이 나를 위로하기 위함임을 알 수 있었다.

나는 엄마를 괴롭히고 싶지도 않았고, 내 앞에 놓인 어려움을 이야기하며 징징거리고 싶지 않았다. 엄마는 이미 충분히 나를 생각하고 있고 나 때문에 근심하고 있는데 걱정거리를 보탤 수는 없었다.

엄마가 무심하게 물었다.

"빌궁은 잘 있니?"

"헤어졌어."

엄마는 두 번 다시 빌궁에 대해 이야기를 꺼내지 않았다. 내 얼굴에 슬픔이 그대로 드러나니 다시 물을 필요가 없었을 것이다. 빌궁 이야기를 제외한 채, 저녁 무렵까지 엄마와 오랫동안 이야기를 나누었다. 한국에서 며칠 동안 잠을 못 자서 그런 것인지, 아니면 엄마 곁에 와서 안심한 것인지, 나도 모르게 눈이 감기며, 주변의 소리가 멀어져갔다. 엄마가 이불을 덮어주던 것이 어렴풋이 생각 난다.

***

맙소사! 푹 자고 나면 이렇게 좋은 걸까? 해는 이미 중천에 떠 있고, 창틈으로 따가운 햇살이 비집고 들어왔다. 시계를 보니 11시 였다. 기지개를 켜는데, 마침 전화가 울렸다. 엄마에게 걸려온 전화 라 생각하며 전화를 받았다. 어제 엄마의 유심칩 중 하나를 내 휴대 전화에 넣어두었던 것이다.

"여보세요?"

"여보세요, 미셸이니? 잘 지내니? 조릭 오빠야. "

"오빠, 안녕하세요. 어떻게 지내세요?"

"잘 지내지, 미셸! 한국에서 자원봉사를 하러 아이들 몇 명이 왔 어. 통역 역할을 하면서 여자 아이 하나와 동행할 수 있겠니?"

"정말요? 그런데 내가 해도 되는 일이에요?

"당연히 할 수 있지. 2시에 몽골국립대학교로 와."

아마도 오빠가 내가 돌아왔다고 친구에게 말한 듯하다. 집에 돌아온 지 하루 만에 일이 생겼으니 좋은 일이다. 한편으로는 통역 일을 실수해서 다른 사람의 사업에 지장을 주면 어쩌나 하는 생각도 들었다. 언어를 아는 것과 자기 스스로가 이해하고 다른 사람에게 전하는 것은 전혀 다른 일이다. 그래서 통역-번역가를 위한 별도의 과정이 있는 것이다. 사람들은 이에 대해 잘 모른다. 하지만 자원봉사하러 온 사람이라니 큰 문제는 없을 듯 싶었고, 실수하더라도 한 번 해보자고 용기를 내었다. 허겁지겁 일어나 화장하는 사이 엄마가 음식을 차려주었다. 누군가 차려주는 음식, 너무 행복하다.

엄마에게 몽골국립대학교가 어디에 있는지, 어떻게 가는지 물어보고는 집을 나섰다. 나라는 사람은 한국의 지하철에 익숙해졌고, 몽골이 오히려 생소해진 사람이다. 게다가 울란바토르에는 그 사이 새로운 주택과 건물들이 늘어나고, 공항과 시내를 오가는 버스 노선도 제법 늘었다. 잘못하면 길을 잃고 우왕좌왕할 수도 있다. 우리 집은 울란바토르의 외곽인 공항 근처에 있다. 첫날이라고 대뜸 택시를 잡아 탔다. 창문을 열고 마치 한 번도 가본 적 없는 도시로 가는 것처럼 눈을 부릅뜨고 "오! 아!"라고 탄성을 질렀다. 다른 사람이 봤으면 아마 별종이라고 생각했을 것이다. 마치 라스베이거스에 처음 온 동양 소녀같은….

소녀들, 많은 여성들이 우아한 하이힐을 신고 당당하게 걷고 있다. 이들은 이 도시를 꾸미는 장식품 같은 존재다. 매우 교양 있어

보였다. 이어폰을 끼고 꽃을 든 채 어딘가로 뛰어가는 젊은이들, 윙윙대는 도시의 소음이 또 다른 편안함을 가져다준다.

한국 사람들은 대체로 운동화를 즐겨 신는다. 아침 지하철에는 어르신들이 많다. 도시의 굉음은 괜시리 서둘러 움직여야 할 것 같은 긴장감을 만든다. 하지만 여기 몽골에서는 모든 것이 다르다. 울란바토르 사람들의 걸음걸이는 마치 이 나라의 주인, 자유로운 시민은 이래야 한다는 듯 평화롭고 차분해 보인다. 한국에서 몽골인들의 생활은 어렵다. 비자가 없는 사람들은 무시당하고, 검문에 걸리지 않을까 두려워하고 주저하며, 대중교통에서는 함부로 말도 하지 않는다. 대체로 힘들고 한국 사람들이 내켜하지 않는 일을 하며 살아간다.

이런 저런 생각이 머릿속을 맴도는데, 택시 기사가 이야기한다.

"동생, 도착했어. 5,600 투그릭(몽골의 통화)인데, 현금이 없으면 계좌이체해줘도 돼."

나는 몽골에 어제 도착했으니 몽골 은행에 계좌도 없고 앱 사용법도 몰랐기 때문에, 현금을 주고 감사하다며 내렸다.

한국에 가기 전 친구들과 송별회를 가진 후 돌아가는 택시에서 차창 밖으로 고래고래 소리를 질러댔던 기억이 났다. 한국에서라면 시끄럽다고 택시 기사한테 혼이 났을 것이다. 몽골에는 "남의 땅에서는 반만큼 행복하고, 자기 땅에서는 온전히 행복하다."는 말이 있다. 소소하지만 정말 지혜로운 이야기가 아닌가.

*** 

이렇게 나는 몽골에 온 한국 학생들과 3박 4일의 여행을 떠났다. 미국 장학금을 받기 위해 몽골에 자원봉사를 하러 온 학생들이다. 남자 두 명과 여자 한 명. 그 한국 여학생은 몽골국립대학교에 다니는 몽골 여학생과 마음을 터놓고 소통하지 못하고 있었다. 내가 보기에는 한국 여학생이 그녀를 손 안에 쥐고 마음대로 하고 싶어 하는 것 같았다. 한국 여학생은 좋은 집안의 외동딸로 보였는데, 제멋대로고 매우 오만했다. 나는 한국에 있는 몇 년 동안 사람들과 잘 어울리는 법을 배웠다. 그래서 조급해 하지 않고 기회가 오기를 기다렸다.

첫날, 우리는 테를지(몽골 국립공원)로 가서 물 샘플을 채취하고, 산에 있는 수정 동굴을 보러 갔다. 가는 길에 한국 여학생이 처음으로 나에게 말을 건넸다.

"산이 정말 높네요, 언니, 산을 좀 깎아주세요. 우리 그런 다음에 가요."

또 제멋대로다. 내가 산을 깎을 수 있을 만큼 강해 보였던 걸까? 어린아이가 왠지 귀여운 질문을 한 것 같아 타이르듯 대답했다.

"인생은 마음대로 되지 않아. 넘고 이겨내야 해."

"네. 알았어요. 언니!"

이후 한국 여학생은 다시 예쁜 소녀로 돌아왔다.

다음으로 여름 내내 환경을 관찰하고 연구, 분석을 진행하는 학생 캠프를 찾았다. 나에게는 이 모든 것이 새로웠다. 외국인처럼 탄성을 지르고, 자연에 감탄하며, 아이들과 같이 놀았다. 몽골에 와서 오히려 더 눈이 뜨이는 느낌이다.

이튿날 보르노르에 있는 10년제 학교를 방문했다. 교직원들은 우리가 도착하자 매우 따뜻이 맞아주었다. 문 위에 한국어로 "환영합니다."라고 쓰여 있었다. 교감 선생님은 학교 식당으로 데리고 가서 허르헉(몽골 음식, 육류찜)을 준비해 대접해 주었다. 몽골에서는 귀한 손님이 오면 양을 한 마리 잡아 허르헉을 만들어 준다. 그런데 왠지 김치가 없어서 아쉬웠다. 한국에 오래 살아서 그런 걸까? 학생들도 김치를 찾는다. 교감 선생님이 이내 눈치를 채고 냉장고에 보관했던 김치를 먹으라고 꺼내주었다. 우리는 김치를 곁들여 허르헉을 정말 맛있게 잘 먹었다.

식사 후에 강당으로 이동해서 준비한 예술 공연을 보여주었는데, 공연은 노래, 춤, 음악, 시의 순서로 이어졌다. 한 소년이 노래를 부를 때, 나도 모르게 울컥해졌다. 지금도 그때를 생각하면 또 눈시울이 붉어진다. 시각 장애를 가지고 있던 그 소년은 낭랑한 목소리로 마치 나에게 "조국이 얼마나 그리웠니? 외지에서 힘들었지? 돌아오니 어때?" 하고 묻는 것처럼 노래를 불렀다. 그 소년은 만족감과 행복, 사랑을 담아 서정적으로 노래했다.

한국 소녀는 내가 왜 이 노래를 들으며 울고 있는지 의아해하며 묘한 표정으로 바라보다가 말했다.

"이 노래 가사를 알려주세요."

고향의 흙 위에서
누워 뒹굴고
새벽 새들이 울 때
새벽 말들도 울며 익숙해지네.

한국말로 바꿔 이야기하는데 더 이상 진행할 수 없을 정도로 울컥했다. 계속하려고 하니 눈물이 흘러 이어가지 못했다. 나는 이토록 절실하게 고향을 그리워하고 있었을까? 한국 소녀는 이제 되었다는 듯 내 등을 어루만졌다.

"노래 가사는 나중에 써 주세요."

그러더니 계속해서 노래를 주의 깊게 들었다. 이렇게 마음이 열리고 개운해졌다. 우리는 공연이 끝난 후 강당 벽과 바닥을 새로 칠해주고, 휴대용 컴퓨터 10대와 책가방 50개를 선물했다. 그 학교에는 기숙사가 있었는데, 집이 너무 멀어 집에서 통학할 수 없는 시골 아이들이 기숙하며 공부하고 있었다. 이 어린아이들이 아빠, 엄마를 보고 싶어 할 것이라는 생각에 나도 모르게 애틋한 감정이 생겼다. 이윽고 저녁 무렵이 되어 떠날 시간이 되자 학교의 모든 선생님과 학생들이 문 앞에서 손을 흔들며 "안녕히 가세요!"라며 순수하고 해맑은 웃음으로 배웅했다.

학교를 떠나 우리는 '몽골 유목민'의 풍습을 보여주는 게르 캠프에 도착했다. 소녀 게르와 소년 게르로 나누어 따로 캠핑하고, 저녁을 먹고, 게임을 하며 며칠 동안 함께한 소감을 나누었다. 짧은 시간이었지만 그새 정들고 익숙해져서, 서로에게 "고마워, 미안해."라고 말하며, 울고 웃으며 포옹하는 아이들을 바라본다. 몽골도 이제 지구촌의 일부로구나 하는 생각에 자랑스러운 마음이 들었다. 또 한국에 있는 친한 친구들 생각이 났다. 어린 친구들을 바라보면서 아직도 내게 배울 것이 얼마나 많이 남았는지 깨달았다. 고향에서 이렇게 보낸 며칠 동안 나는 그동안 몰랐던 새로운 것을 느끼고 깨달았으며, 공허했던 마음이 조금이나마 채워지고 있음을 느꼈다.

다음 날 아침, 캠프에서 조금 아래로 내려가 프로그램에 참여했다. 참가자 모두 델(몽골 전통 의상)을 입고 게르를 방문했다. 아이락(마유주), 유제품 맛보기, 소뿔로 만든 잔으로 몽골 전통 술 마시기, 복사뼈 놀이(몽골 전통 놀이), 가죽 무두질하기, 말로 펠트 만들기, 소달구지로 이사하기 등의 프로그램이 이어졌다. 제법 쓸만한 프로그램으로 짜여진 관광캠프였다.

다들 만족하며 다시 울란바토르로 돌아왔다. 내일이면 이들은 다시 한국으로 돌아가야 한다. 그들 모두에게 "잘 가, 한국 가면 연락할게."라고 인사하고 작별을 고했다. 그 한국 여학생은 나를 껴안고 울면서 말했다.

"언니가 한국에 왔을 때 난 한국에 없을 수도 있어요. 아마 미국에 있을 거예요, 잘 지내요."

나는 그녀를 껴안고 등을 가볍게 두드려 주었다. 부유한 집의 외동딸이지만, 내면에는 상처가 있는 아이다. 누구에게나 고민은 있다. 우리 둘은 짧은 시간 동안에 언니, 동생 사이가 되었다. 그렇게 서로 속을 터놓고, 서로를 위로하게 되었다. 처음에 그녀가 성격이 나쁘고 오만하다고 생각했던 거는 나의 착각이었다. 겉모습과 달리, 그냥 남들과 쉽게 친해지지 못하는 아이였을 뿐이다. 2년이라는 시간이 지난 지금도 우리는 연락을 이어가고 있다. 마침 오늘은 그 소녀의 생일이다.

***

나의 다음 일은 두 명의 한국인을 대동하고 비자 연장을 위해 울란우데에 가는 것이었다. 집에 온 이후로 전에 본 적이 없을 정도로 계속해서 일이 들어왔다. 불과 며칠 전만 해도 정말 하늘이 무너지는 것 같았는데, 일이 바쁘게 돌아가다 보니 괴로웠던 일을 생각할 시간조차 없었다.

한국인 두 명과 조릭 오빠, 그리고 나 이렇게 네 사람은 오후 4시 비행기로 울란우데에 도착했다. 작은 공항이었지만, 세관검사가 꽤 세밀하면서도 거칠었다. 나는 학창 시절 러시아어를 공부했지만, 벌써 졸업한 지 몇 년이 지났다. 러시아어 "안녕하세요."만 생각날 뿐이다. 검사관은 "여행 왔어요?"라고 말한 것 같았는데, 나는 긴장해서 한국어로 "네."라고 대답했다.

그러자 동행하던 조릭 오빠가 나를 놀리듯 말을 꺼냈다.

"너 몽골 사람이잖아, 적어도 몽골어로 '네!'라고 해야 하는 것 아니니?"

그것은 한국에서 오랫동안 살아 익숙해져 있기 때문이다. 몽골에 돌아온 지 채 한 주도 되지 않았잖는가. 여전히 한국어로 말하는 것이 더 편하고, 일부 몽골 단어의 앞뒤에 한국어를 넣어 말할 때도

**33**

여러 번 있었다. 쑥스러운 기분이 들어 조릭 오빠를 지나쳐 멀찌감치 앞장서 걸었다.

금세 건물 밖으로 나왔다. 이곳은 건물들마저 몽골과 비슷하고, 몽골 어느 아이막(행정구역, 도)의 도청소재지 같다는 생각이 들었다. 날씨마저도 크게 다르지 않는데, 다만 사람들의 얼굴 생김새만 달랐다. 차 안에서 사람들과 이야기를 나누며 차창 밖을 풍경을 흘끔거렸다. 차는 곧 러시아어로 '부랴트 호텔'이라고 적힌 호텔에 도착했다. 나는 6층에, 조릭 오빠와 한국 사람들은 8층에 방을 잡았다. 한국 사람 두 명은 방에 들어가더니 통 소식이 없다.

나는 호기심에 조릭 오빠에게 물었다.

"두 사람은 밖에 안 나가요?"

"그냥 뭐, 여러 번 와서 질린 거야. 대신 내가 극장 건물과 레닌의 머리 동상을 보여줄게."

저녁이 되어 해가 질 무렵 밖으로 나갔다. 오빠가 말한 두 곳은 근처에 있어 한 번에 볼 수 있었다. 그런 다음 우리 둘은 작은 술집에 들어가 맥주를 한 잔 하기로 했다. 짧은 시간 동안 조릭 오빠와 많은 이야기를 나누었다. 이야기 끝에 남자 친구와 왜 헤어졌는지 물었다. 지금까지 왜 안 물어보나 했다. 사정을 설명하다가 그놈의 정이 뭔지, 속이 답답해지며 또 눈물이 흘러내렸다. 조릭 오빠는 괜한 것을 물었다는 듯 후회하는 표정으로 바라보다가 휴지를 가져다주며 말을 건넸다.

"눈물 닦아."

이때 한 청년이 다가와 인사를 했다.

"안녕하세요, 조릭 형님."

그 청년과 조릭 오빠는 반갑게 악수를 했다. 나는 방금 눈물을 닦느라 안경을 테이블 위에 놓아두었기 때문에 그 사람의 흐릿한 윤곽만을 알 수 있었다. 척 보기에도 키가 아주 큰 청년이었다.

조릭 오빠 역시 누군지 알아보지 못한 모양이다. 그 청년은 이렇게 덧붙였다.

"형님 동생과 같이 훈련을 받았었는데…."

"그래, 맞다, 그런데 여긴 웬일이야?"

"저는 관광객들과 함께 왔어요. 내일 몽골로 돌아가요. 형님, 나중에 봐요, 사람들이 기다리고 있어서요"

청년은 서둘러 밖으로 나갔다.


울란우데에서는 밤 9시가 되면 술 판매가 중단되며, 술집도 문을 닫는다. 우리는 각각 맥주 한 병씩을 사들고 호텔 옆 계단으로 가서 앉았다. 잠시 후 차 한 대가 다가오더니 경적을 울렸다. 놀라서 바라보니 아까 그 청년이었다.

"뭐 하고 있어요?"

"그냥 앉아 있어."

조릭 오빠는 무심하게 대답했다.

청년은 대뜸 손짓을 하며 이야기했다.

"타세요."

조릭 오빠는 나를 바라보며 의견을 구했다.

"타요, 할 일도 없는데⋯."

청년은 손을 내밀며 말했다.

"안녕하세요, 에르덴입니다."

"미셸이에요"

나는 그의 손을 잡으며 짧게 응답했다.

에르덴은 조릭 오빠를 보며 말을 이었다.

"여기에 부랴트 친구가 살아요. 떠나기 전에 만나려고 하는데 친구가 합류해도 되죠? "

"물론이지."

조릭 오빠는 흔쾌히 대답했다.


어둡고 꼬불꼬불한 길을 한참 달린 끝에, 어떤 담장 앞에 차가 멈췄다. 에르덴은 전화를 걸더니 나오라고 이야기했다. 곧 한 소녀 가 나와 우리에게 인사를 하더니 차 앞좌석에 앉았다. 두 사람은 어 디에서 술을 사야 할지 의견을 교환하기 시작했다. 그리고는 한참을 달려서야 목적지에 도착했다.

차 시동을 끄며 에르덴이 말했다.

"내리세요."

건물 밖에는 조명도 없었고 그 흔한 간판도 하나 없었다. 문을 열고 들어가서 좁은 복도를 따라 걷다 보니 또 다른 문이 나타났다. 두려움과 당혹감이 동시에 들었다. 그러다 에르덴이 갑자기 문을 두드렸다. 그 소리에 깜짝 놀라 심장이 멈추는 줄 알았다. 문 가운데에 있는 사각형 모양의 작은 창문이 경첩 소리를 내며 열리더니, 금발 머리에 크고 파란 눈을 가진 러시아 소녀가 머리를 내밀었다. 함께 간 부랴트 소녀는 러시아 소녀와 러시아어로 말을 주고받았는데, 대충 듣자니 맥주 수량과 가격에 관해 이야기한 것 같았다. 금세 러시아 소녀는 큰 흰색 봉지에 맥주를 잔뜩 담아 가져왔다.

우리 일행은 다시 차를 타고 출발했다. 차는 우리가 묵고 있는 호텔을 향하고 있었다. 이 호텔은 몽골 사람들이 많이 묵는 곳이었는데, 사실 에르덴도 이 호텔 10층에 묵고 있다고 한다.

밤이 따뜻하고 좋아서 호텔 밖에 있는 테이블에 둘러앉았다. 나는 토야라는 이름의 소녀와 나란히 앉았고, 조릭 오빠와 에르덴이 맞은 편에 앉았다. 우리는 만나게 된 것을 축하하며 맥주를 마셨다. 때때로 에르덴이 나를 바라보고 있다는 느낌이 들어 그를 쳐다보면 이내 다른 곳으로 시선을 돌렸다. 우리는 끊임없이 이야기를 나눴다. 에르덴은 내가 최근 한국에서 돌아온 것에 대해서, 몽골에 온 기분은 어떤지, 그리고 언제 다시 한국으로 돌아가는지 등을 물었다.

이때 나이 지긋한 분이 내 옆으로 다가와 앉더니 뭔가를 물었다. 나는 그 말을 알아들을 수 없었다. 토야가 말을 받아 부랴트어로 이야기를 나누고는 "받으세요, 어르신!"이라고 말하며 담배와 맥주 한 병을 드렸다. 그 노인은 몽골어로 "고마워!"라고 명확하게 말했다. 나는 놀라며 "몽골 분이세요?"라고 물었다.

"그래, 몽골에 정말 돌아가고 싶구나."

그 노인분은 그렇게 대답하며 자브흘랑(몽골 유명 가수)의 〈어머니가 끓인 차〉를 불렀다. 목소리도 아름답고 발음도 정확했다. 감미로운 분위기에 눈물을 참으며 들었다.

에르덴이 그걸 알아차렸는지 거들었다.

"정말 좋은 노래네요."

나는 고개를 끄덕이며 따라 불렀다. 이곳에도 나와 같은 피를 가진 사람들이 살고 있다는 것을 알게 되었다. 그분은 우리에게 잘되길 바란다며 감사 인사를 했고, 나도 모르게 그분을 끌어안고 말했다.

"어르신도 잘되길 바라요. 꼭 몽골에 오세요!"

밖은 꽤 쌀쌀해졌는데, 몽골보다 이곳이 조금 더 시원하다는 생각이 들었다. 소매를 내리고 나도 모르게 코를 훌쩍였다. 에르덴이 이것을 눈치채고 나를 바라보며 말했다.

"쌀쌀해졌는데 우리 방에 들어갈까요?"

이것저것 챙겨담은 봉지를 들려는데 에르덴이 웃으며 말했다.

"그거 무거울 텐데, 제가 들게요."

우리는 방에 들어갔다. 좁은 침대 하나와 며칠 동안의 흔적이 역력한 테이블에는 먹다 남은 맥주와 물, 음료, 감자칩이 널려 있었다. 에르덴은 봉지를 옆에 놓고, 테이블 위를 정리하며 말했다.

"의자는 저기에 있어요. 침대에 앉으셔도 되고요."

나는 토야와 침대에 나란히 앉았다. 토야 옆에 에르덴이 앉았고, 조릭 오빠는 작은 의자에 앉았다. 이때 밖에서 또 다른 소녀가 들어왔다. 에르덴이 소개했다.

"자야라고 하고요, 몽골에서 같이 왔어요."

자야는 "안녕하세요!"라며 손을 흔들며, 조릭 오빠 옆에 있는 의자에 앉았다. 에르덴이 내 오른쪽으로 와서 위스키를 컵에 따라 조릭 오빠에게 주었다. 잔을 받으며 조릭 오빠가 자기 소개를 했다.

"조릭입니다만 눈치 없게 동생들에게 부담 주면 안 되지, 자유롭게 놀아."

조릭 오빠는 위스키를 마시지 않고 컵을 탁자 위에 올려놓고 나갔다. 그리고는 나에게 말했다.

"미셸, 아침에 일이 있는 거 알지?

술을 적당히 마시라는 말이었다.

이렇게 우리 넷이 남아 서로 할 소리, 안 할 소리, 신나게 떠들어 댔다. 어느 민족 출신인지, 울란우데의 역사는 어떠했는지 등을 들으며, 새로운 지식을 얻고, 새로운 친구들을 만나 함께 멋진 하룻밤을 보냈다. 에르덴은 나와 페이스북 친구가 되었다. 그가 나를 계속 쳐다보는 것을 보니, 나에게도 다른 감정이 생겼다. 왠지 그와 이 호텔에서 그저 우연히 만난 것이 아니라 운명인 것 같이 느껴졌다. 나 역시 그의 행동을 지켜보고 있었다. 그는 가끔 눈이 마주칠 때마다 당황함을 숨기며 신경 쓰지 않는 척 애썼다.

처음에는 토야와 에르덴이 커플인 줄 알고 조금 서운했는데, 그저 친한 친구 사이라는 것을 알게 되었다.

에르덴이 갑자기 나에게 물었다.

"남자 친구 있어요?"

"없어요."

나는 시큰둥하게 대답하며 맥주를 꿀꺽꿀꺽 마셨다.

이때 자야가 먼저 일어섰다.

"난 가서 자야겠어요, 편하게 계세요, 미셸, 만나서 반가웠어요, 안녕!"

자야는 인사를 하며 나에게 다가왔고, 나도 일어나 자야를 껴안았다.

"고마워요, 편히 쉬세요."


자야가 돌아간 뒤 우리 셋이 남아 열띤 대화를 나누며, 술을 많이 마셨다. 우리는 함께 술을 마시고 이야기를 나누며 친구가 되었다. 토야는 매우 활기찬 소녀였다. 울란바토르에서 몽골과학기술대학교를 졸업하고, 몽골어를 완벽하게 구사했다. 우리 둘은 시간 가는 줄 모르고 많은 주제에 관해 수다를 떨었는데, 어느새 새벽이 되었다. 에르덴은 우리의 대화를 듣고 있는 듯 눈을 감은 채 침대에 누워 있었다. 아침 9시에 출입국관리사무소에 가야 한다는 생각이 들면서, 갑자기 걱정되기 시작했다.

"이제 나도 가서 자야겠어, 다음에 봐!"

전화번호와 가능한 모든 연락처를 교환했다.

짐짓 눈을 감고 있는 에르덴에게 말했다.

"너도 잘 자, 내가 너희 둘의 시간을 너무 많이 뺏은 것 같아 미안해!"

에르덴은 일어나 나를 안으며 말했다.

"전혀 미안해하지 않아도 돼. 잘 자."

그리고는 다시 자리에 누웠다.

그 이후부터는 어떻게 방에 들어갔는지 기억이 나지 않는다. 나름 흥분했었고, 비행기로 오면서 피곤했기에 어쩔 수 없었다. 굳이 자신을 변호하자면 그렇다는 것이다.

***

아침에 스마트폰 알람이 울리고 문을 두드리는 소리도 들렸지만, 일어날 수 없었다. 속이 너무 안 좋았다. 재차 울리는 휴대 전화의 알람을 끄고 일어서는데 브래지어가 밟혔다. 티셔츠를 벗어 던진 듯 테이블 가장자리에 걸려 있는 모습도 보였다. 옷걸이에서 간신히 가운을 꺼내 걸치고 문을 향해 걷는데, 바닥에 바지가 널려 있어 집어서 침대 위에 던졌다. 양말과 신발도 여기저기 널려있다. 오랜만에 신나서 너무 많이 마셔댔나 보다.

간신히 문을 열었는데, 조릭 오빠가 서 있었다.

"괜찮아? 이제 갈까?"

"저 조금만 더 자도 될까요? 죽을 것 같아요."

"도대체 얼마나 많이 마신 거야?"

나는 대답할 힘도 없어 침대로 가 그대로 누웠다. 조릭 오빠는 컵라면에 물을 부어 내 옆에 놓고는 말했다.

"그럼, 오빠가 먼저 가서 약속을 잡고 전화할게."

조릭 오빠가 아닌 다른 사람이었다면 벌써 화를 냈을 것이다. 나는 숙취에 죽을 것 같아서, 라면 국물을 한 모금 마시고는 다시 누웠다. 휴대 전화에 메시지 알람이 떴다. 에르덴이 보낸 것이다. 금방이라도 죽을 것 같던 사람답지 않게 휴대전화를 들여다 보았다.

- 좋은 아침, 잘 잤어? 유심 받을래?

무슨 유심? 어제 있었던 일을 기억하려고 다시 읽고 또 읽었다. 또 다른 메시지가 왔다.

- 20분 후에, 아래층에서 기다릴게, 내려올래?

아무래도 에르덴이 나에게 유심을 주겠다고 했고, 내가 가지겠다고 한 것 같다.

- 좋은 아침, 나는 잘 잤어. 곧 내려갈게.

얼른 답신하고 허겁지겁 일어나 샤워를 하고 재빠르게 화장했다. 금방이라도 죽을 것 같았던 사람이 맞는지…. 호텔 계단을 나는 듯이 내려가는데 부르는 소리가 들렸다. 돌아보니 에르덴이었다. 두세 칸씩 급하게 내려오는 걸 들킨 것이 못내 쑥스러웠다. 표정을 정리하고 새침하게 말했다.

"안녕."

에르덴은 나를 보고 차분하게 웃으며 물었다.

"안녕, 잘 잤어? 속은 괜찮아?"

"응, 괜찮아."

애써 괜찮은 표정을 지으며 웃었다. 속으로는 '거짓말 아니고 러시아 맥주 정말 독하다. 속에서 고슴도치가 백 마리가 새끼들과 같이 놀고 있어. 괜히 징징거리는 것이 아니야.'라고 생각하고 있었다. 에르덴은 휴대 전화에서 유심 카드를 꺼내 들고 나에게 다가왔다. 나도 휴대 전화를 꺼내 유심을 교체하려고 했는데 손이 떨려 잘 되지 않았다. 에르덴이 눈치챘는지 "내가 할게."라며 내 휴대 전화를 가져가 유심 카드를 교체한 후 돌려주었다.

"유심 카드는 몽골에 가서 돌려줘. 다음 여행 코스로 가야 해."

이렇게 이 유심은 우리가 다시 만날 핑계가 되었다.

"바이칼호가 정말 아름다워. 많이 구경해."

"응, 고마워, 조심해서 가!"

서로 눈이 마주치자, 눈웃음을 지었다. 에르덴은 부드러운 눈으로 내 눈을 응시했는데, 남자답지만 아주 따뜻한 느낌이 들었다.

에르덴은 차에 올라 창문을 내리며 말했다.

"미셸, 나중에 봐."

나도 손을 흔들며 그가 떠날 때까지 서 있었다. 그런 다음 숨을 크게 쉬고 지나간 일을 생각했다. 도대체 무슨 일이 일어난건지. 얼굴은 괜찮은지 보려고 거울 대신 휴대 전화 화면을 들여다보았다. 그때 조릭 오빠에게서 메시지가 왔다.

- 여기로 지금 와.

조릭 오빠가 있는 곳 사진도 한 장 전송되었다.

- 알았어요. 바로 갈게요.

답장을 보낸 후 바로 출발했다. 이제 유심 카드가 있으니, 인터넷에 자유롭게 접속할 수 있어 정말 편해졌다. GPS를 켜고 오빠가 말한 장소로 갔다.


한국인 두 명의 비자 관련 서류를 처리하고 바이칼호를 향해 출발했다. 한국인 두 명은 제법 나이 지긋한 분들이었다. 몽골을 사랑하고 몽골에 계속 머물고 싶어 몽골이 아닌 이곳에 와서 비자를 받는다. 우리 몽골인이 복수비자로 한국에 왔다가 기간이 끝나기 전 다른 나라로 가서 또 3개월을 연장하는 것과 같다. 나는 한국인들이 비자를 연장하기 위해 가까운 울란우데를 이용한다는 것을 그날 처음으로 알게 되었다.

바이칼호로 가는 도로는 상태가 매우 좋았다. 계곡이나 언덕, 울퉁불퉁한 기복이 전혀 없었다. 차는 거의 200km의 속도를 내며 달렸다. 길 옆의 집과 울타리, 떠있는 구름마저도 빠르게 지나갔다. 도로 양쪽으로 끝없이 펼쳐진 시베리아의 숲은 정말 장관이었다. 얼마 전까지만 해도 이 땅이 우리 몽골 땅이었다는 사실을 생각하니 안타까운 마음이 들었다. 가끔 <곰 출몰 주의>라고 적힌 표지판이 등장했다.

차에 타고 있던 사람들이 모두 조용히 잠들었다. 나는 휴대 전화를 꺼내 에르덴의 페이스북에 들어가 보았다. 여기저기 많이 다니고, 자동차와 오토바이에 관심이 많았으며, 무척 사교적인 사람 같았다. 왠지 에르덴 생각이 자꾸만 떠올랐다. 이제 만난 지 하루밖에 안 되었는데. 그의 생각, 행동, 눈빛, 그가 보낸 메시지가 매우 가깝게 느껴졌다.

그렇게 우리는 목적지에 도착했고 운전기사가 주차장에 차를 주차했다. 맑고 푸른 하늘과 촉촉하게 부는 산들바람이 어우러져 맑은 호수가 정말 아름답게 보였다. 나는 신발을 벗고 기슭으로 달려갔다. 크고 알록달록한 조약돌, 작고 좁은 나무다리가 낭만적인 기분을  불러일으켰으며, 아침에 헤어진 에르덴과 같이 걷는 상상을 하니 미칠 것 같았다.

하지만 한국인 두 명은 전혀 흥미 있어 하지 않았고, 10분도 안 돼 돌아가자고 했다. 이렇게 아름다운 자연을 보고도 기뻐하고 즐거워하지 않으니 이상하다는 생각마저 들었다. 나이가 들면 웬만

한 아름다움에는 관심이 생기지 않는 걸까?

압도적인 풍경에 환호하던 내가 슬슬 지쳐갈 무렵 우리는 점심을 먹으러 갔다. <샤슬릭>이라는 간판이 붙어있는, 코를 찌르는 듯한 냄새가 풍겨오는 통나무집으로 향했다. 아침에 라면 국물만 조금 마셨으니 배가 고플 수밖에 없었다. 그 집이 구운 고기처럼 보였다. 문을 열고 들어서자마자 알고 있는 유일한 러시아어인 "Здравствуйте!(안녕하세요)"를 자신 있게 외치고는, 4인용 테이블 창가 자리에 앉았다. 목에 스카프를 걸치고, 입에 궐련을 문, 키 큰 러시아 청년이 불을 피우고 꼬치를 돌리는 모습이 보였다. 꼬치에는 큼직하게 썬 양파와 마늘, 감자, 고기가 뒤섞여 공간 없이 촘촘히 꿰어져 있었다. 저절로 군침이 돌고, 배에서 꼬르륵 소리가 들려 부끄러웠다. 곧 먹음직스러운 꼬치가 나왔고, 서비스로 러시아에서 유명한 으깬 감자와 검은 빵을 주었다. 비로소 러시아에 왔다는 기분이 들었다. 우리는 조용히 식사를 마치고, 몽골로 가는 6시 비행기를 타야 했기에 곧바로 호텔로 갔다. 나는 배도 부르고, 또 잠도 못 잤기에 차에 타자마자 깊이 잠들었다.

*\*\**

몽골에 도착했다. 한국과 비교하면 가까웠기에 한 시간 조금 넘는 비행 끝에 '칭기즈칸' 국제공항에 도착한 것이다. 밖에 나왔는데 비가 오고 있었다. 전에 한국에서 돌아왔을 때와는 분위기가 완전히 다르다. 마치 내가 아닌 다른 미셸이 온 듯 빗방울도 "미셸이니?" 하고 애교를 부리는 것 같다. 떨어지는 빗방울도 애교스럽게 느끼는 것을 보니 나 자신이 변한 것 같다. 스스로 그렇게 느끼고 있었다. 고개를 들어 얼굴에 떨어지는 빗방울을 느끼고, 비의 촉촉한 냄새를 탐욕스럽게 맡으며 집으로 향했다. 나담(몽골 전통축제) 기간이라 도로가 매우 한적했다.

러시아에서 사 온 과일을 들고 여행 가방을 끌며 활기차게 집에 도착했는데, 자물쇠가 걸려있고 사람이 없었다. 엄마에게 전화하니, '후이 돌롱 호닥(나담 말타기 경기가 진행되는 곳)'에서 집으로 돌아가고 있다고 한다. 집에 호쇼르(나담에 꼭 먹어야 하는 몽골 튀김만두)가 있으니 먹으라고 했다. 뜨거운 차와 함께 호쇼르를 먹은 뒤 텔레비전을 켜고, 나담 축제 관련 프로그램들을 돌려보다가, 친구들에게 전화했다. 친구들 모두 가족들과 함께 여기저기서 나담 축제를 구경하고 있다고 했고, 일부는 시골에 갔다고 했다. 비도 내리고 밖에 나가기 싫어 이불을 덮고 누웠는데, 에르덴에게 메시지를 보내고 싶다는 생각이 들었다. 어떻게 시작해야 할지 몰라 '안녕'이라고 썼다가 지우고 다시 '어디야?'라고 썼다가 이것도 아니라고 생각되어 지운 후, 에르덴이 준 유심 이야기를 꺼내기로 했다.

- 안녕. 나담 잘 보내고 있어? 유심 줘서 고마워.

에르덴은 곧바로 무언가를 답을 보내는 것 같았는데 한참 동안 답이 오지는 않았다. 잠시 바라보다가 휴대 전화를 옆에 두고 "그래, 그만 자자!" 하며 잠시 누워 있는데 메시지가 도착 했다.

- 안녕. 잘 다녀왔어? 바이칼 호수가 정말 아름답지?

나는 열 손가락을 다 사용하는 것처럼 매우 빠르게 타이핑했다.

- 정말 말로 표현할 수 없을 정도로 아름다웠어.

즉시 답장이 왔다.

- 어디야?
- 집이야. 가족들은 후이 돌롱 호닥에 갔어. 참, 유심 카드 언제 줄까?
- 나도 후이 돌롱 호닥에 있어. 내가 지금 갈까?

이불을 덮고 자려고 누웠던 사람답지 않게 벌떡 일어섰다. "예스, 예스!" 하고 외치며 전화기를 들고 날뛰며 기뻐했다. 비가 오고 하늘이 흐렸는데도 에르덴에게서 메시지가 오자마자 창문으로 햇빛이 비치는 것 같았고, 세상의 색이 바뀌고 내 마음도 떠오르는 태양처럼 타올랐다. 이렇게 흥분하기는 처음이었다.

답장해야 한다는 생각이 들어 얼른 집 주소를 메시지로 보냈다.


거울 앞에 앉아 스마트폰으로 노래를 틀어놓고 따라 부르는데 미칠 것 같았다. 부지런히 화장을 하고 가장 좋은 옷을 꺼내어 입었다. 한국에서 옷을 많이 가져오지 않았지만, 이것저것 여러 차례 갈아입어 봤다. 울란우데에서 울고 난 후 화장도 안 하고 운동복을 입고 만났고, 다음 날에도 숙취 때문에 죽어가는 얼굴로 만났던 사람이 갑자기 화려하게 변해도 되는 걸까? '데이트도 아닌데…'라는 생각을 하는데, 메시지가 왔다. 물론 에르덴이었다.

  - 거의 다 왔어.

저녁인데 멋 부리는 것은 좀 그렇다는 생각이 들어 연한색 청바지에 흰색 티셔츠를 입었다.

금세 도착했다고 전화가 왔다. 전화를 끊고는 잠시 심호흡했다. 그렇게 하지 않으면 심장이 튀어나올 것 같았다. 이윽고 밖으로 나가 차로 다가갔다. 에르덴은 나를 바라보며 웃었고, 나도 웃으며 차에 탔다. 제법 큰 차였다. 좌석에 앉다가 머리를 부딪혔는데 조금 쑥스러웠다. 에르덴은 나를 보고 웃으며 물었다.

"괜찮아?"

"응. 괜찮아, 잘 지냈어?"

에르덴이 손을 내밀자 나도 손을 내밀었다. 따뜻하고 보송보송한 손이었다. 몰래 살펴보니 짙고 검은 눈썹, 연한 쌍꺼풀, 멋있는 미소, 매력적인 말과 적절한 단어 선택, 친절하고 큰 키가 딱 내 이상형이다.

에르덴은 울란우데와 바이칼호 여행 이야기를 묻고, 한국에서 무슨 일을 하는지도 물었다. 처음 만난 날, 토야와 내가 나눈 이야기를 옆에서 들은 것을 확인하는 것 같았다. 그의 말소리, 행동, 나를 대하는 태도는 나의 혀를 짧게 만들고, 나도 모르게 애교를 부리게 만들었다. 지금까지 내가 알던 사람이 아닌 전혀 다른 미셸이 된 것 같았다.

갑자기 전화벨이 울려 받으니, 엄마였다.

"어디니? 이제 집에 와서 쉬지 그래."

"알았어, 금방 들어갈게."

사실 우리 둘은 아무 데도 가지 않았다. 차 안에서 3시간 동안 이야기를 나누었는데, 나에게는 3분처럼 느껴진다.

에르덴이 말했다.

"그럼, 들어가서 쉬어."

나는 계속 함께 있고 싶었지만, 들어가라고 하는데 남겠다고 할 수도 없어 마지못해 대답했다.

주머니에서 유심 카드를 꺼내 건넨 후에 차에서 내렸다. 에르덴이 창문을 내리고 인사한다.

"미셸, 잘 자!"

나는 돌아서 뒤로 걸으며, 손을 흔들었다.

"에르덴, 너도."

"뒤에 담장이 있어, 넘어지지 않게 조심해!"

놀라서 뒤를 보니, 돌아설 수 없을 정도로 담장이 가까웠다. 에르덴은 나를 보고 놀리는 듯한 미소를 지으며 차 시동을 걸었다. 에르덴은 손을 다시 한 번 흔들어 준 후 떠났다.

나도 담장 안으로 들어와 문을 닫고 마음을 진정했다. 곧 자동차 소리가 멀어져 갔다. 너무 긴장해서 목이 뻐근했다. 최근 몇 년 동안 이런 적이 없었던 것 같다. 얼굴을 만지니 달아올라 뜨겁고 화끈거렸다. 마냥 행복해서 집에 들어서는데, 엄마는 나를 기다리지 못하고 부엌에 불을 켜둔 채 잠에 들었다. 나는 화장을 대충 지우고 잠자리에 들었다. 에르덴에게서 메시지가 와있었다.

- 구름을 침대 삼아, 창문을 통해 비치는 달빛에게 위로를 받으며, 빗소리를 자장가 삼아 잘 자. 좋은 밤 되고, 좋은 꿈 꿔.

어쩌면 이렇게 사랑스러운 단어를 선택했을까?

'네 꿈을 꾸며 잘게.'라고 라고 쓰고 싶었지만, 차마 그렇게 하지는 못했다.

　- 고마워, 잘 자.

　그저 담담하게 보냈다. 시크한 척하는 여자들의 나쁜 모습이라는 생각도 들었다. 눈을 감으면 그의 미소와 나를 바라보던 눈빛이 떠오른다. 그가 나를 좋아하고 있는지, 나를 생각하고 있는지를 곰곰히 생각하다가 이내 깊은 잠에 빠져들었다.


\*\*\*


　자고 있는데 전화벨이 울려서, 눈을 반쯤 뜨고 받으니 에무징이었다.

　"미셸, 나 시골에서 돌아왔어. 오늘 시간 있어? 지나갔지만 네 생일 축하해주려고."

　"뭐라고?"

　"뭐해, 빨리 일어나. 얼마나 오래 자는 거야. 12시 넘었어."

　"그래? 벌써."

　목소리를 가다듬고 나서 에무징에게 말했다.

　"아주 재미있는 일이 하나 생겼어."

　"오, 그래. 뭔데?"

"만나서 얘기해!"

주체할 수 없이 웃어 에무징을 더욱 흥분하게 만들었다. 샹그릴라로 약속 장소를 정하고 전화를 끊었다. 나는 샹그릴라가 어디 있는지 몰랐다. 아무튼 에무징이 일러준 대로 옛날 결혼식장이 있던 곳 주변에 와서 전화하니, 아무한테나 물어보라고 했다. 인상 좋은 이에게 물어 보니 앞에 있는 건물 뒤로 돌아가라고 한다. 금세 샹그릴라 건물이 나타났다. 문을 열고 들어가 에무징이 어디에 있는지 살펴보는데 직원이 다가와 물었다.

"어서 오세요. 몇 분이세요?"

"일행이 먼저 와 있어요."

창가에 앉아 있던 에무징이 손을 흔든다.

"미셸, 여기야."

다가가자 에무징은 환한 웃음을 지으며 안아주었다. 그리고는 앉을 새도 없이 물었다.

"도대체 뭔데? 빨리 얘기해 봐."

"어떤 남자를 좋아하게 됐어."

에무징의 눈이 커다래지더니, 계속 질문을 해댔다.

"언제, 어디서 만났는데?"

우리 둘은 내가 돌아온 첫날 만난 이후로 다시 만나지 못했기 때문에 할 말이 정말 많았다. 각각 롱 아일랜드 아이스티 칵테일 한 잔, 안주로 감자를 주문하고 이야기를 시작했다. 한국에서 돌아올 때는 눈이 침침하고 풀이 죽어 있었지만, 지금은 생기가 돌고 에르덴의 이름이 나올 때마다 눈이 빛나는 것을 보고 에무징이 말했다.

"내 친구가 다시 돌아왔네."

사실 에무징은 내가 빌궁과 사귀는 것을 줄곧 반대했었다. 전에 에무징이 나를 보려고 한국에 와 며칠 동안 우리 집에 머무르고 나서 말했었다.

"나는 남편과 몇 년이나 함께 살았는데, 남편이 나한테 쌍욕은 둘째치고 큰 소리를 내는 것도 본 적이 없어."

그래서 내가 헤어졌다고 했을 때 가장 많이 지지해 줬다. 그래서 누군가 "진정한 네 친구는 누구니?"라고 묻는다면, 나는 망설임 없이 에무징이라고 대답할 것이다.

내가 에르덴과 울란우데에서 만났고, 어제 우리 집 밖에서 3시간 넘게 이야기를 나누었다고 하며, 같이 찍은 사진을 보여주는데, 마침 에르덴에게서 전화가 왔다.

"어떡해? 에르덴이야."라며 끊으려고 하는데, 에무징이 놀란 눈으로 말했다.

"빨리 받아."

벨이 여러 번 더 울리고 난 후 간신히 전화를 받았다.

"여보세요? 안녕!"

"안녕, 미셸, 내일 시골에 가려고 하는데 시간 있어?"

"어디로 가는데? 며칠이나?"

"협스걸, 5일 동안, 통역사가 한 명 필요해."

내가 망설이자 에무징이 나에게 손으로 OK 사인을 보낸다. 나는 에무징을 쳐다보며 말했다.

"생각해 볼게."

나도 모르게 바보 같은 대답을 하고 말한다. 에르덴은 5분 후에 다시 전화한다면 전화를 끊었다.

에무징이 더 다급해져서 나무랐다.

"뭘 생각해, 그냥 가, 빨리 전화해서 말해."

에르덴에게서 금세 전화가 다시 왔다.

에르덴이 곧바로 말했다.

"내일 데리러 갈게. 준비하고 있어. 지금은 어디야?"

에르덴은 내가 갈 것이라고 확실히 믿고 있는 것 같았다. 친구와 샹그릴라에 있다고 말했다.

곧 엄마에게 전화해서 여행을 가야 하는데, 필요한 물건들을 준비해 달라고 했다. 엄마는 알았다고 하며 일찍 들어와 쉬라고 했다. 엄마는 내가 돌아오면, 여기저기 일하러 다닌다는 것을 알고 있기에 무엇이 필요한지 잘 알고 있었다. 내가 예술대학교 연기과에 다닐 때, 엄마는 연습 때에도 구경오고, 음식도 가져다주곤 했다. 엄마는 늘 내 뒤를 확실히 맡아주는 훌륭한 파트너였다. 내가 꿈을 이룰 수 있도록 든든하게 지원해 주고 있다. 당신이 충분히 누리지 못한 행복을 내가 대신 이루어주기를 바라면서….

엄마를 보면서 '오랫동안 딸이 해외에 나가 있는 것을 어떻게 참고 지내셨을까?' 하는 생각이 든다. 처음 한국에 갈 때에는 인터넷이 발달하지 않아 전화 카드를 사용했는데, 당시 학생이었던 나는 카드를 살 형편이 못 되어 엄마와 통화하는 것은 하늘의 별 따기였다. 그런데 나중에 오빠에게 엄마가 밤을 지새우며 휴대 전화만 보고 있었다는 얘기를 듣고 난 후에는 엄마 마음을 아프게 하지 않기 위해 많이 신경 썼다. 지금도 그때를 생각하면 가슴이 미어진다. 그나마 인터넷의 눈부신 발전으로 매일 통화할 수 있다는 게 참 다행이다. 에무징과 잡담을 이어가고 있는데 에르덴에게서 메시지가 왔다.

-밖에 나올래. 도착했어.

나는 깜짝 놀라서 전화를 했다.
"샹그릴라로 들어와!"
"차 타고 급하게 오느라 옷이 한심해, 잠깐이면 돼."
가방에서 거울을 꺼내 립스틱을 바르고, 얼굴에 분을 살짝 바르고 에무징을 보니 에무징이 엄지손가락을 치켜세웠다.

밖에 나가니 에르덴은 친구 한 명과 함께 있었다. 내일 같이 갈 운전기사라고 했다. 에르덴은 내가 취했다고 생각하는 것 같았다. 사실은 부끄러워 얼굴이 붉어진 것인데.

에르덴은 웃으며 이야기했다.

"내일 시간 꼭 지켜야 돼. 그리고 늦으면 전화해. 데려다줄게."

이 얼마나 자상한 남자인가!

"괜찮아, 오히려 네가 피곤할 텐데 일찍 쉬어."

에르덴을 쳐다 보지도 못하고 손을 흔들며 빠르게 돌아섰다. 뒤에서 그가 지켜보고 있는 것 같아 계속 달렸다. 걷는다고 땅이 사라지는 것도 아닌데…. 나는 에르덴이 고작 이런 말을 하자고 바쁜 와중에도 왔다는 사실에 놀랐다. 에르덴이 나를 얼마나 소중하게 생각하는지를 깨닫고는 내일 만날 순간을 손꼽아 기다리게 됐다.

에무징과 나는 주문한 칵테일을 마실 새도 없이 끊임없이 이야기를 나누고 깔깔댔다. 마치 이 세상에서 우리 둘만 행복한 것 같았다. 에무징은 너의 둘을 창문으로 봤는데 마치 커플 같았다고 하며, 에르덴이 나를 바라보는 눈빛이 남달랐다고 말했다. 에무징은 내일 여행을 가야하는 나를 일찍 쉬게 하려고 남편을 불러 나를 집으로 데려다주었다.

# 3

엄마가 이미 일어나서 아침 식사를 준비하며 나를 보고 말했다.

"너무 일찍 일어난 거 아니니? 길에서 피곤할 텐데."

시계를 보니 아침 6시를 지나고 있었다.

"그러는 엄마는 왜 그렇게 일찍 일어났어?"

"네가 길에서 먹을 것을 좀 준비하려고."

나도 일어나 이것저것 준비하는데, 엄마가 가져갈 짐을 가방 가득 넣어 복도 의자에 놓아두었다. 9시가 되었지만, 에르덴에게서는 아직 전화가 오지 않았다. 참지 못하고 전화해 몇 시에 오는지 물으니 조금 늦을 것 같다며 슈퍼마켓에서 콜라와 얼음을 사 놓으라고 했다. 가방을 메고 집을 나서는데 문 앞에서 담배를 피우고 있던 오빠가 묻는다.

"어디 가?"

"잘 있어, 남편에게 가려고."

오빠는 이해할 수 없다는 표정으로 나를 따라 나온 엄마를 바라보며 되묻는다.

"방금 얘가 뭐라고 했죠?"

엄마는 대답대신 가방 앞쪽에 비상약이 있다고 소리쳤다.

슈퍼에 들어가 에르덴이 말한 콜라와 얼음을 사려고 계산대 앞에 서 있는데 익숙한 목소리가 들린다.

"잘 잤어?"

놀라 뒤를 돌아보니 에르덴이다.

"좋은 아침, 늦어서 미안해."

봉지에 산 물건들을 담은 후 내게 건네주었다. 차 번호를 알려주며 먼저 가 있으라고 했다.

그가 말한 차에 도착해 문을 열었지만, 안에는 아무도 없었다. 뒷좌석에 앉아 있으려니, 한 사람이 다가와 오른쪽 문을 열었다가, 내가 있는 것을 보고는 "미안합니다." 하고 문을 닫았다가 다시 열었다. 보아하니 한국 사람 같았다. 모르는 사람이 앉아 있으니 차를 착각했다고 생각하는 듯했다. 얼른 한국어로 말했다.

"들어와 앉으세요. 같이 가는 사람이에요."

한국 사람은 고개를 끄덕이며 말했다.

"한국어 잘하시네요."

나는 마주 보며 미소를 지었다. 곧이어 왼쪽 문이 열리고 조금 더 젊어뵈는 청년이 나를 쳐다보는데, 앞서 들어온 한국 사람이 말했다.

"타, 우리 차야."

"안녕하세요."

청년은 나를 보며 반갑게 인사했다. 나는 결국 한국인을 양쪽에 두고 뒷좌석 가운데에 앉아 가게 되었다. 곧 운전기사가 한국 여성 한 명과 함께 나와 운전석 옆좌석의 문을 열어 주었고 나를 바라보며 고개를 끄덕였다. 운전기사는 운전석에 앉은 후에 나를 돌아보며 말했다.

"안녕하세요, 미셸? 편히 쉬셨나요?"

그러고는 두 명의 한국인에게 나를 소개했다.

"함께할 통역이에요."

"반가워요. 우리 재미있게 여행해요."

두 명의 한국인은 반겨주며 손뼉을 쳤다. 대체로 한국인들은 공개적인 행사를 조직하고 분위기를 띄우는 데 능숙하다. 나도 웃으며, 같이 손뼉을 치고 나 자신을 소개했다. 속으로는 에르덴이 이 차를 운전하는 것이 아니라는 사실이 불편했다. 운전기사는 에르덴의 차에는 나이 든 분들이 타고 있다고 말해주었다.

차는 곧 출발했는데, 그때까지도 에르덴은 보이지 않았다. 운전기사는 자신의 이름이 오르시흐이며, 한국에서 계약직으로 일해서 한국말을 조금 할 수 있다고 했다. 다시 한국에 가고 싶어 얼마 전에 비자를 신청했지만, 아직 결과가 나오지 않았다고 했다.

차는 시내를 벗어나기 전 주유소에 멈췄다. 에르덴이 자기 차를 우리 차 옆에 세우고 창문을 열자, 우리 운전기사도 창문을 열었다.

"미셸은 어디에 있어?"

에르덴이 묻자, 오르시흐는 뒷창문을 열었다. 나는 웃으며 손을 흔들었다.

에르덴은 안 좋은 표정으로 말했다.

"미안해, 스케줄이 이렇게 됐어."

"괜찮아, 여기도 재미있어."

말은 그렇게 했지만, 함께 가면 좋겠다는 표정을 지었고, 에르덴도 같은 표정으로 대답했다. 신기했다. 서로의 눈빛만으로도 마음을 이해할 수 있다니…. 같은 차가 아니어도 괜찮다는 생각이 들었다.

뒤에 있던 차가 경적을 울렸다. 에르덴은 앞쪽 주유기 옆에 차를 세우고 내렸다. 내쪽으로 올 거라고 생각하며 설레는 마음으로 바라보았다. 에르덴이 나에게 오려다가, 뒤에서 계산하라는 소리를 듣고는 되돌아갔다. 나는 속으로 잠깐이라도 얘기했으면 하고 섭섭해하며 내 차에 탔다. 결국 에르덴은 주유소 직원에게 카드를 돌려받고는 자신의 차로 돌아가 차를 출발시켰다.

한참을 달렸다. 양쪽으로 보이는 푸른 하늘에는 각양각색의 구름이 떠 있었고, 그 구름 사이로 태양이 들락날락했다. 평화롭게 풀을 뜯고 있는 양떼와 말이 질주하는 끝이 보이지 않는 푸른 들판…. 눈을 감고 간다면, 아무것도 거칠 것 없는 초원을 가로질러 달리는 차와 마주치게 된다. 덕분에 눈은 즐거웠고, 아무 생각 없이 바라보는 것만으로도 평화롭고 행복했다.

우리 차에 탔던 사람들은 피곤했는지 모두 잠들었다. 윙윙거리는 차 소리와 가끔 들리는 사람들의 코 고는 소리만 빼면 차 안은 조용했다. 나 역시 눈을 감고 자동차의 흔들리는 움직임을 자장가 삼아 잠들었는데, 꿈속에서 끝없이 펼쳐진 초원을 따라 꽃을 들고 하얀 드레스를 입은 소녀가 행복하게 돌며 춤을 추기 시작했다.

"일어나세요, 일어나세요."

오르시흐가 깨우는 소리에 잠에서 깨어났다. 하얀 드레스를 입은 소녀에게 왕자가 다가오는 것을 설레는 마음으로 지켜보고 있었는데…. 사랑스러운 꿈이었다.

"화장실 가고 싶은 사람 있으면 다녀오세요."

내가 한국 사람들에게 통역해 주자 다들 차에서 내렸다. 길에서 조금 떨어진 곳에 나무로 된 화장실 두 개가 보였다. 다들 화장실에 가고 싶었는데 많이 참았다고 얘기하며 화장실을 향해 걸어갔다. 나 역시 익숙한 일이었기에 장거리 여행에 나서면 물을 거의 마시지 않고, 마실 경우에도 한두 모금만 마신다. 그들은 아직 경험이 없으니 안내자가 잘 설명해주어야 한다. 한국에 있을 때 처음으로 고속도로를 따라 여행하다가 소변이 너무 급해 친구에게 화장실에 가야겠다고 했지만, 친구는 고속도로에서는 멈출 수 없으니 휴게소까지 참으라고 했다. 하지만 정말 참을 수 없게 된 나머지 차를 세우면 안 되는 곳에 차를 세우고 볼일을 봤던 기억이 났다. 몽골의 장점이라면 화장실이 따로 있지 않아 어디든 세우라고 하면 세워준다는 것이다. 어디든 자연의 화장실이 기다리고 있다. 그래도 지저분하게 휴지가 널려 있으면 보기 좋지 않으니, 휴지만이라도 잘 처리하면 된다.

한국 언니가 화장실에 들어가 볼일을 보고 나왔다. 나는 그녀의 뒤이어 들어갔다. 마당이 있는 주택에서 자란 내게 이런 화장실은 아무것도 아니다. 하지만 날씨가 따뜻해져 똥파리와 구더기가 많고, 냄새도 지독하니 밖에서 볼일을 보는 것이 더 좋을 것 같다. 몽골의 관광산업이 발전하고 성숙해지길 바라는 마음으로, 한국 사람들에게 설명한다.

"몽골은 한국보다 면적이 10배나 큰데, 인구는 적으며, 대부분의 사람이 도시에 거주하고 있어요. 마실 물이 부족하고, 그 마저도 점점 사막화되고 있어요. 한국처럼 바다로 둘러싸여 있다면 현대적 화장실이 많이 생겼을 거예요. 믿지 못하겠지만, 몇 년 전만 해도 시골로 가는 길에는 나무로 된 화장실조차 없었어요. 수백 킬로미터 떨어진 곳에 있는 화장실을 청소하고 관리할 사람이 없어요. 그래서 여행자가 스스로 잘 해결해야 해요."

이렇게라도 내 나라를 변호하고 싶었던 것이다. 이렇게 이야기하면 한국 사람들은 웃으며 이해한다고, 정말 그렇다며 고개를 끄덕였다. 화장실 문을 열고 똥파리에 놀라 잠시 기다리다가 입과 코를 막은 채 들어갔다.

화장실에서 나오자 에르덴이 웃으며 나에게 다가와 시원한 생수를 손에 쥐어주었다.

"지루하지 않았어?"

"아니, 자면서 왔어. 지금 어디로 가는거야?"

"곧 호스타이(국립공원)라는 아름다운 곳에 도착할 거야, 가봤어?"

"아니, 어떤 곳인데?"

"가보면 알아."

에르덴이 싱긋 웃으며 말한 후 차로 걸어갔다. 에르덴이 뿌린 향수가 독특한 느낌으로 다가온다. 마치 영화 속 남자 주인공의 뒤에서, 사랑에 빠진 여자가 바람에 머리카락을 휘날리며, 남자의 향기를 느끼며 서 있는 장면을 느린 장면으로 담아낸 것 같았다. 잠시 상념에 빠져 있는데 누군가가 헛기침 소리로 내 상념을 깨운다. 오른쪽에 앉아 있던 한 청년이 나에게 물티슈를 주며 말한다.

"미셸, 차에 타세요."

"아, 네."

멋쩍게 대답하면서, 속으로 재수 없다고 생각했다.

우리 차에 탄 여행객들은 잠에서 깬 뒤라 다들 활기차게 웃고 떠들면서 갔다. 내 오른쪽에 앉은 청년은 성민이라는 이름이며, 사진작가라고 했다. 몽골을 주제로 한 사진 전시회를 여는 것을 목표로 하고 있으며 나보다 네 살 많았다. 내 왼쪽에 앉아 있는 분은 김성이라고 하는데, 50대로 유머러스하고 인자한 표정이었는데, 몽골 말로 얼굴에 복이 있는 사람이었다. 그리고 운전기사 옆에 앉은 언니는 하나라는 이름으로, 한국에서 스포츠 뉴스를 전하는 기자라고 했다. 처음에는 말이 거의 없었는데, 여행 도중 얘기를 들어보니 집안이 상당한 부자였고, 남편과는 사이가 나쁘지만 한집에 살면서 각방을 쓰고 있다고 했다. 두 딸은 엄마를 돈줄로만 생각하고 사이도 좋지 않다고 했다. 어느날 문득 자기 삶이 무의미하다는 생각이 들어 여행에 나섰는데, 아무에게도 말하지 않고 배낭에 노트북 하나를 메고 떠났다고 했다. 벌써 3~4일이 지났지만, 아무도 연락도 없고 찾지도 않는다고 했다. 나는 한국에서 좌절하고 고국에 돌아왔지만, 이 언니는 그 반대다. 하나 언니는 목적지에 도착하면 깨어나고 깨고 나면 다시 마시면서 여행했다. 우리 둘은 금세 친해 져 술을 적게 마시라고 충고하고, 빨리 쉬라고 말하며 동생처럼, 딸 처럼 돌보려고 노력했다. 이번 여행을 통해 자신을 찾고, 외로움에 서 벗어나고, 강해지고, 스스로 자신을 벌하지 말기를 바랐다.

오르시흐도 한국에서 일했었기 때문에 한국 사람들과 잘 어울 렸다. 더 나아가 몽골 사람의 성품이 느껴지고, 배려심이 많았다. 여름 내내 여행 했는지 살갗이 검게 탔는데, 웃을 때 눈가에 흰 주 름이 보였다. 여행하는 도중 한국 노래를 틀어주고 따라 부르며, 우 리를 즐겁게 해주었다.

나는 한국인 관광객처럼 몽골의 시골과 지역, 역사에 대한 지식 이 없어 헤맸다. 한국인들은 나를 몽골어를 할 줄 아는 한국인이라 고 놀려댔다. 정작 고국인 몽골을 잊고 이런 아름다움을 느껴보지 못했던 내가 부끄러웠다. 그렇기에 더욱 이번 여행은 나 자신을 찾 는 중요한 여행이라는 생각이 들었다.

이렇게 달려 호스타이에 도착했다. 호스타이는 자연 보호 구역 인데, 매우 경이로운 곳이다. 야생 당나귀, 야생마, 사슴, 영양, 마 멋, 땅다람쥐 등 다양한 종류의 동물과 희귀 식물이 있는 곳이다. 국가가 반드시 보호해야 하는 성스러운 땅이다. 감탄사가 절로 나 오는 곳이다.

에르덴은 이곳의 안내원으로 차에 타고 있던 일행들을 데리고 왔다. '자연 보호 구역'이라고 적힌 회색 유니폼을 입은 나이 지긋한 아저씨가 우리를 맞아 야생 당나귀와 야생마가 몽골에 어떻게 정착했고, 그 숫자는 얼마나 되는지 등 많은 이야기를 해주었다. 나는 통역하려고 했지만, 금세 말이 막혔다. 특히 에르덴 앞이라 더욱 부끄러웠다. 일부 몽골 단어를 이해할 수 없어 매우 혼란스러웠다. 안내원은 자기 일에 충실했는데, 어지러울 정도로 빨리 말했다. 다행히 에르덴이 통역을 도와줘서 겨우 마무리할 수 있었다.

안내원 아저씨가 나를 바라보고 미소를 지으며 "모두 감사합니다. 안녕히 가세요."라고 말한 뒤 다른 사람들에게 갔다. 독일 사람들인 것 같았다. 통역사가 유창하게 통역하고 있는 것이 보였다. 그와 비교하면 나는 그저 초등학생 수준이었다.

다른 사람들이 쌍안경으로 야생 당나귀를 보고, 이야기를 나누고 있는데, 에르덴이 다가와 물었다.

"긴장돼?"

"정말 힘들어. 이제 어디로 가? 뭘 봐야 할지 미리 말해 줄 수 있어?"

쑥스러운 마음에 거칠게 물었다. 그런데 에르덴이 다독거리며 이야기했다.

"괜찮아, 잘했어. 너는 전문 통역사도, 가이드도 아니잖아."

내가 한숨을 쉬며 볼을 감싸자, 에르덴이 말을 이었다.

"내가 도와줄게. 그리고 내가 모르는 것, 이해하지 못하는 많은 것들을 잘 통역해 줘."

그의 위로를 받자 조금 전까지 긴장했던 마음이 순식간에 휘발되어 사라졌다. 스스로에 대한 믿음이 생겼고 자신감도 회복되었다.

에르덴이 덧붙였다.

"다음 목적지는 엘승 타사르해야."

에르덴이 한국 사람들에게 말했다.

"이제 출발하니 차에 타세요."

\*\*\*

우리가 지금 가고 있는 곳은 엘승 타사르해(작은 사막이라는 뜻)다. 몇 년 전에 가족들과 함께 들러 사진을 찍고 낙타를 탔던 곳이다. 해가 질 무렵 도착했다. 오는 도중에 꽤나 고생했다. 우리 차가 언덕에 갇혀서 그만 에르덴의 차를 놓쳐버렸다. 갈림길이 나타났는데 어느 길로 가야 할지 몰랐다. 망설이다가 그냥 가보자고 출발했는데 잘못된 길이었다. 자동차도, 인간의 흔적도, 심지어 양과 가축도 없었다. 그래서 왔던 길을 되돌아가 갇혔던 곳에서 에르덴을 기다렸다.

햇볕이 따갑게 내리쪼이는데 나무 한 그루도 없었다. 휘발유를 아낀다고 차의 에어컨도 켜지 않았다. 전화도 안 터지고, 지나가는 사람도 동물도 없다. 한껏 불안해질 무렵, 먼지를 일으키며 차 한 대가 나타났다. 당연히 에르덴이었다. 달려와 우리 차 옆에 차를 세우고는 급하게 내렸다. 우리는 반갑기도 하고 어색하기도 해서, 상황을 모면하려고 손을 흔들고 웃으며 에르덴을 맞이했다. 꾸지람을 들은 오르시흐가 얼굴이 붉어진 채 차 시동을 켰다.

"멀어지지 말고 따라와. 만일 문제가 생기면 전조등으로 신호하고. 다음 목적지에 도착할 시간이 늦어지잖아."

에르덴이 근엄하게 말하고는 차로 돌아갔는데, 그의 얼굴은 보지 못했다. 우리 차 사람들은 오르시흐를 위로하려고 했지만 오르시흐는 괜찮다고 했다.

그런 이유로 엘승 타사르해에 조금 늦게 도착했다. 꽤 안쪽에 있는 모래 언덕 부근에 있는 다섯 채의 하얀 게르(몽골 전통 가옥)에 묵기로 했다. 현대식 화장실은 물론 샤워시설도 완비된 곳이다. 오는 내내 배가 아팠기에 화장실로 직행했다. 오는 길에 먹은 음식이 맞지 않아 탈이 난 것 같았다. 엄마가 준 약도 소용이 없었다. 거울을 보니 얼굴은 상기된 채 머리도 엉망이었다. 화장을 고치고는 게르로 걸어갔다. 에르덴이 게르 밖에 서 있다가 나를 보고 손을 흔들었다. 나도 마주 보고 손을 흔들고 웃으며 걸어갔다.

내가 다가가자, 에르덴이 미안한 목소리로 물었다.

"아까 무서웠어? 미안해. 거의 20km 가까이 되돌아가서 나도 모르게 화가 났어."

"괜찮아, 나에게 화를 낸 것도 아니잖아. 오르시흐가 좀 불편해했어."

"알아, 그래서 조금 전에 얘기하고 풀었어. 허르헉을 주문했는데 좀 먹을까?"

"그래, 좋아."

에르덴이 나를 보고 웃었다. 서쪽을 바라보니 해가 막 지고 있었다. 그때 모래 언덕 위에서 낙타를 끌고 가는 사람들의 모습이 너무 아름다워서 휴대 전화로 사진을 찍어 에르덴에게 보여줬다.

"이 사진 내게도 보내줘."

에르덴은 마치 사탕을 달라고 하는 어린 소년처럼 보채며 말했다. 나는 웃으면서 그러마고 했다.

그때 게르에서 외치는 소리가 들렸다.

"에르덴, 에르덴, 허르헉 준비됐어."

주방에서 한 청년이 고기가 가득 담긴 큰 용기를 들고 왔다. 우리는 그를 따라 들어갔다. 우리는 게르에 둘러앉아 식사를 했다. "고기가 정말 맛있다. 대단히 훌륭하다. 양고기를 처음 먹어본다."는 둥 이야기를 나누며 떠들썩하게 고기를 먹었다. 한국 사람들은 고기 먹을 때에는 반드시 김치가 있어야 한다며, 가지고 온 반찬을 이것저것 많이 꺼내놓았다. 늦은 저녁이라 침을 흘리며 맛있게 먹었다. 에르덴이 나에게 고기를 잘라 주며 말했다.

"맛있게 먹어. 내 친구가 만든 거야. 낮에 말했잖아. 고기가 정말 부드럽지?"

고맙다고 말하고 잘라 준 고기를 맛있게 다 먹었다. 사랑이라는 조미료가 뿌려진 고기는 지상의 어떤 음식보다도 맛있었다. 저녁 식사 후에는 자유롭게 휴식하는 시간이 주어졌다. 이곳에서는 말과 사륜 오토바이를 탈 수 있어, 한국 사람들이 많이 찾는 곳이다. 이번에도 한국 사람들로 가득했다. 내가 몽골에 있는지 한국에 있는지 헷갈릴 정도였다.

소화를 도우려고 산책을 하는데 에르덴이 따라왔다.

"미셸, 좋은 곳에 가볼래?"

"응. 어디?"

"사륜 오토바이 탈 수 있어?"

"탈 수 있어, 한국에서 타봤어"

에르덴은 비웃는 듯한 얼굴로 말했다.

"그건 자동이고, 여기에 있는 건 수동이야."

"그래도 타보자."

호기롭게 외치며 사륜 오토바이가 있는 곳으로 걸어갔다. 관리인이 나를 보며 말했다.

"혼자서는 탈 수 없을 텐데…."

에르덴이 말을 받았다.

"저랑 둘이 탈게요."

속으로는 너무 좋았지만 아닌 척하며 말했다.

"괜찮아, 혼자서 한 번 타볼게."

에르덴이 씩 웃으면 나를 사륜 오토바이에 태워줬다. 정말로 한국에 있는 것과는 달랐으며, 달리기는커녕 출발도 못했다. 에르덴이 당연하다는 듯 말했다.

"거봐, 내가 다르다고 했지? 뒤에 앉아. 허리를 꽉 잡아."

부끄러워 괜찮다고 말했지만, 출발할 때 뒤로 넘어질 뻔하자 곧

바로 에르덴을 뒤에서 강하게 끌어안았다. 그렇게 그의 등에 얼굴을 대고 있는데, 따뜻한 온기와 아름다운 향기가 내 심장을 고동치게 했다. 심장이 격하게 뛰는 것을 느꼈고, 가슴이 닿지 않게 하려고 애썼다. 달빛 아래 모래 사이를 달려 어느 호숫가에 멈춰 섰다.

에르덴이 물었다.

"미셸, 추워? 여기는 내가 올 때마다 들리는 곳이야."

나는 춥지 않다고 했지만, 내 손을 잡고 자기 셔츠를 벗어 기어이 나에게 걸쳐주었다.

"고마워. 모래 한가운데 호수가 있을 줄 몰랐네."

에르덴이 휴대 전화를 꺼내며 말했다.

"미셸, 저기 가서 서봐. 사진 찍어 줄게."

어떻게 포즈를 취할지 몰라 망설이는데 에르덴이 적극적으로 자세를 설명한다.

"이쪽을 봐. 상체를 조금 숙이고…."

"됐어, 이제 그만해."

에르덴은 남는 건 사진뿐이라며 찍은 사진을 보여주었다. 사진 감상을 끝내고 잠시 하늘의 별을 바라보며 서 있었다. 에르덴이 물었다.

"동화를 써본 적 있어?"

"동화?"

나는 에르덴이 무슨 말을 하는지 이해하지 못했지만, 곧 이해할 수 있었다. 나지막한 언덕, 하늘에 떠있는 별들, 아름다운 호수. 나는 마치 동화 속 주인공인 고귀한 소녀처럼 느껴졌다. 그는 나를 보고 웃으며 조용히 나를 불렀다.

"미셸."

우리 둘의 눈이 마주치는 순간, 마치 시간이 멈춘 것 같았고, 온 세상이 심장 박동 소리로 가득찬 것처럼 느껴졌다.

"너, 눈이 정말 예쁘다."

무슨 말을 해야 할지 몰라 눈길을 돌리는데, 내 머리카락을 귀 뒤로 넘기고 한 쪽 귀에 이어폰을 끼워주며, 나를 안아 오토바이에 태웠다. 마룬5의 노래 〈Sugar〉를 틀어주고는 내 옆에 앉아 이어폰을 끼지 않은 귀에 대고 "내가 좋아하는 노래야."라고 속삭였다.


난 바로 여기 있어, 내겐 네가 필요해
한 모금의 사랑과 한 모금의 연민
제발 내게 올바른 사랑을 알려줘
그럼 되는 거야
내 삶에는 약간의 달콤함이 필요해
슈가
오, 그대여

제발 너의 달콤함으로 날 녹여줘

가사 하나하나에 마음이 설렜다. "나에게도 네가 필요해. 지금 당장 작은 날개를 펼치고 하늘을 날 준비가 됐어, 자기야!"라고 에르덴을 바라보며 눈빛으로 말했고, 에르덴은 내 눈빛을 읽은 듯 내 손을 감싸 쥐었다. 이제 조금 더 높이 날아도 안전하다는 것을 느꼈다. 서로를 잘 살펴보라는 듯 달빛은 밝게 빛났고, 호수의 물도 옆에서 너희들의 모습이 얼마나 아름다운지 비추어보라는 듯 잔잔하게 출렁거렸다. 나뭇잎은 가벼운 산들바람에 흔들리며 사랑에 빠진 이들을 축복했고, 가끔 쏟아지는 별똥별은 우리 둘만을 위한 불꽃놀이 같았다. 이처럼 자연의 아름다운 모든 것들이 우리 둘을 응원해 주는 것 같았다. 우리는 서로에게 빠져들며 아늑하고 조용한

저녁을 보냈다. 모든 것이 완벽한 환상적인 밤이었다.

기쁘고 들뜬 마음으로 돌아왔다. 다른 사람들은 밖에 모닥불을 피우고 그 주위에 둘러앉아 있었다. 오르시흐가 술잔을 돌리고 있는 것이 보였다.

"둘이 어디 갔다 오는데? 저쪽에 앉아."

우리는 서로 마주 보고 웃으며 나란히 앉았다. 오르시흐가 에르덴에게 술을 한 잔 따라주며 말했다.

"오늘 내가 실수했어. 정말 미안해."

"괜찮아, 내가 좀 과했어"

두 사람은 악수를 했다. 우리는 그 행동을 보고 "상남자들이네."라며 소리 지르고, 손뼉을 쳤다. 다음 잔이 나에게 왔지만, 마시고 싶은 생각이 없어서 입만 대고 다시 돌려주는데, 오르시흐가 말했다.

"괜찮아, 마셔."

"마시고 싶지 않아."

잔을 다시 오르시흐에게 돌려주는데, 오르시흐가 당황해했다. 에르덴이 옆에서 말했다.

"어이, 친구, 그냥 넘어가."

오르시흐는 알았다며 잔을 받아 가득 채워 하나 언니에게 주었다. 하나 언니는 아무 말 없이 한꺼번에 마셔버렸다. 우리는 그날 저녁을 모닥불 옆에서 보냈고, 일부는 자려고 게르로 갔다. 하나 언니는 많이 취해서 화장실에 다녀온 뒤에도 게르로 가지 않고 밖에 있고 싶다며 이미 꺼진 모닥불 쪽에 가서 앉았다.

하나 언니는 하늘을 바라보며 말했다.

"별이 너무 환상적이다."

언니는 나를 보더니 길게 탄식하며 말했다.

"언니는 몽골 엄마들이 정말 부럽다. 몽골 사람들은 대가족이지만, 서로 위하는 마음이 있어. 내가 딸들에게 상처를 주고도, 잘 몰랐어. 내 사랑이 부족했다는 것을 몽골에 와서야 깨달았어. 늘 돈을 벌겠다고 밤낮으로 일하다 결국 외로운 엄마가 됐어."

한참을 울먹이더니 속이 후련해진 듯 눈물을 닦으며 말했다.

"미셸, 나 이젠 자야겠어. 너무 졸려. 몽골에 와서부터는 너무 잘 자고 있어."

왠지 안됐다는 마음이 생기고, 잘 대해줘야겠다는 생각이 들었다. 이렇게 우리 둘은 잠을 자려고 게르 쪽으로 팔짱을 끼고 걸어 갔다. 에르덴이 게르 밖에서 담배를 피우고 있다가 우리를 바라보았다. 잘 자라고 인사를 하고는 손을 흔들었다. 오르시흐가 나오자, 에르덴이 잔을 주는 모습이 보였다. 그들의 술자리는 아직 끝나지 않은 것 같았다.

게르에 들어와 하나 언니를 침대에 눕히고, 화장을 지운 뒤 잠자리에 들었다. 옆 게르에서 에르덴이 하는 말이 가끔 들렸다. 마음이 그의 곁에 가 있어, 조용히 누워있지 못하고 한동안 뒤척이며 에르덴을 생각했다. 게르 천장에 있는 창문으로 비추는 달빛을 함께 바라보는 모습을 상상하다가, 나도 모르게 눈이 감겼다. 꿈나라에서 그와 함께 밤새도록 춤을 추었다.

***

신선한 아침 공기와 고요한 모래 언덕. 해가 땅 위로 얼굴을 내밀려고 한다. 이미 일어난 사진작가 오빠는 일출의 순간을 놓치지 않기 위해 집에서 꽤 떨어진 곳에 카메라를 설치하느라 매우 바빠 보인다. 사진작가 오빠를 향해 걸어갔다. 마치 날개가 있는 것처럼 걸어 도착했다. 황금빛 태양이 땅 위로 삐쭉 올라와 세상을 밝혀주며 떠오른다. 환상적인 아침이다. 오빠가 인사를 건넨다.

"좋은 아침이에요, 미셸? 잘 잤어요?"

"네, 편히 쉬셨어요?"

오빠는 보온병에 든 커피를 일회용 컵에 따라주며 말했다.

"당신들 몽골 사람들은 정말 운이 좋아요. 이렇게 아름다운 곳에서 태어났잖아요."

"네. 저도 그렇게 생각해요."

그렇게 대답하고는 커피를 한 모금 마시고 떠오르는 태양을 향해 눈을 감고 서 있었다.

같은 시간, 하나 언니와 김 오빠, 에르덴의 차를 타고 온 최 대장과 부인 보르마, 이 팀장과 부인 제니는 가축 우리에서 라면을 끓이며 큰 소리로 이야기를 나누고 있다. 에르덴의 게르는 아직 자고 있는지 조용하다.

한국 사람들은 밤새도록 놀고도 아침이 되면 아무 일도 없었던 것처럼 일찍 일어나 떠들어 대서 다른 사람들을 쉬게 못 하게 한다며, '한국인 관광객은 받지 않습니다.'라고 써놓은 캠프도 많다. 말이 필요 없다. 우리 팀 사람들만 봐도 라면을 끓이며 떠들고 있는데, 전혀 밤새워 술을 마신 사람들 같지 않다. 최 대장이 소리친다.

"미셸, 성민 씨! 와서 라면 먹어!"

알았다고 대답하고는 성민 오빠에게 말했다.

"사진은 잘 나왔나요? 이제 갈까요."

성민 오빠가 촬영한 일출 영상을 보여주었다. 나는 영상을 보고 깜짝 놀라며 엄지손가락을 치켜세웠다. 성민 오빠는 부끄러운 듯 머리를 긁었다.

함께 라면을 먹다가 오늘 일정이 이렇게 되는지 물었다. 나는 일정을 잘 몰랐기에, 에르덴이 깨어나면 물어본 후 알려주겠다고 했다. 라면 두 개를 들고 에르덴과 오르시흐가 자고 있는 게르로 가는데 오르시흐가 밖으로 나왔다.

"미셸, 잘 잤어?"

이 캠프의 사장은 에르덴의 친구였는데, 밤에 술을 많이 마신 것 같았지만 벌써 일어나서 세수를 하고 있었다. 나는 그에게 인사하고 게르 안의 에르덴에게 다가가 그의 손을 당기며 에르덴을 불렀다. 에르덴은 한쪽 눈을 뜨고 나를 바라보며 애교스럽게 투정을 부렸다.

"미셸, 머리가 너무 아픈데 조금만 더 있다가 일어날게, 그래도 되지?"

약상자가 어디 있는지를 물었더니 사장이라는 친구가 침대 윗부분을 가리켰다. 두통약을 찾고 물을 컵에 따르고 있는 사이, 친구는 밖으로 나갔다. 나는 에르덴에게 다가가 약 먹으라며 입에 넣어 주었더니 약을 삼키고 물을 마셨다.

"고마워, 미셸."

일어서려는데 에르덴이 내 손을 잡아당겼다. 나는 끌려가 에르덴 위로 넘어졌다. 에르덴은 내 볼에 뽀뽀해 주며 "10분만!"이라고 말하며 꼭 안아주었다. 심장이 밖으로 튀어나올 것 같았다. 아니 아예 멈출 것 같았다.

그때 밖에서 "미셸!" 하며 오르시흐가 부르는 소리가 들렸다. 재빨리 일어나 밖으로 나가는데 그제야 숨을 쉴 수 있었다. 오르시흐가 무언가를 말했지만, 아무 소리도 들리지 않았다. 내가 멍하니 있자 오르시흐가 다시 이야기했다.

"미셸, 낙타가 오고 있어요. 한국 사람들에게 말해줘."

나는 정신이 퍼뜩 나서 그쪽으로 뛰어갔다.

"낙타···. 낙타를 타실 분들은 서둘러 나를 따라오세요."

　곧 낙타가 도착했다. 우리 중 몇몇은 겁을 먹고, 누구는 타고, 누구는 안타겠다고 야단법석이었다. 나도 낙타를 타본 적은 없었다. 하지만 그들을 격려하기 위해 가장 먼저 낙타에 올랐다. 어찌저찌 모두 낙타를 타고 모래언덕 위를 돌아다니며 사진을 찍었다. 남는 건 사진뿐이라지 않는가. 타지 않았으면 후회했을 것 같다고 이야기를 나누는 소리가 들린다. 낙타를 타고 캠프로 돌아왔는데 사륜 오토바이가 준비되어 있었다.

　어제 에르덴과 함께 타보았기에 이번에는 가지 않고 에르덴의 게르로 들어갔다. 그는 깊이 잠들어 있었다. 계속 자도록 놔두고 싶지만, 출발해야 할 시간이라 깨울 수밖에 없었다. 에르덴이 일어나

세수를 하는 사이 아침에 가져온 라면 두 개를 끓이려고 준비하고 있는데, 에르덴의 친구가 밖에서 들어오며 말했다.

"오~, 정말 배려심 많은 여자네! 아침엔 약을 찾아 주고, 지금은 라면까지 끓여주고 있네."

에르덴은 얼굴을 닦고 사랑스러운 눈으로 나를 바라보며 말했다.

"그렇지?"

에르덴은 친구에게 시선을 돌리고는 말했다.

"같이 먹자."

친구는 내게 동의를 구했다.

"그래도 돼요, 미셸?"

"당연히 되지요."

우리 세 사람은 둘러앉아 라면을 맛있게 먹었다. 나는 몇 젓가락을 먹다가 일어서며 말했다.

"한국 사람들에게 떠날 준비를 하라고 말할게. 천천히 먹고 나와."

친구는 "오~!"하고 탄성을 지르며 우리 둘을 의미심장하게 바라봤다. 내가 급하게 나가는데 뒤에서 에르덴이 말했다.

"고마워, 미셸!"

나는 대답 대신 웃으며 한국 사람들의 게르로 걸어갔다. 게르에 들어섰지만, 무슨 말을 할지 그 사이에 잊어버렸다. 어쩜 사람이 이렇게 순식간에 바보가 되었을까? 그들은 내가 무슨 말을 할지 기다리며 바라보고 있다. 이때 게르의 상석에 앉아 있던 김 오빠가 물었다.

"미셸, 무슨 일인데?"

"다들 떠날 준비를 하세요."

그 말을 듣고는 모두 짐을 정리하기 시작했다. 나도 배낭에 옷과 화장품을 넣어 내가 타는 차 트렁크에 싣고 우리 차에 탈 사람들을 체크했다. 캐리어를 차에 싣고 짐을 정리하는 에르덴의 모습이 보인다. 가끔 사진작가인 성민이 말을 걸었지만, 내 마음은 에르덴에게 가 있었다. 김 오빠가 놀리듯 말을 붙였다.

"아침에 둘이 잘 어울리던데."

김 오빠가 성민 오빠와 내가 함께 있는 것을 찍은 사진을 보여주니, 성민 오빠가 손사래를 친다.

"형님, 그만하시죠."

김 오빠가 말을 이었다.

"미셸, 남자 친구도 없는데, 왜 안 되는데?"

나는 속으로 에르덴이 남자 친구라고 하고 싶었다. 이때, 하나 언니가 말을 끊었다.

"머리가 아프고 속도 안 좋네."

김 오빠가 가방에서 약을 꺼내 줬다. 숙취 해소약 같았다. 옆에 있던 오르시흐가 놀려댔다.

"누나, 맥주 한 잔만 더 마시면 괜찮아져요."

모두가 웃고 있는데 에르덴이 차의 시동을 켠 후 다가왔고, 모두가 에르덴에게 인사를 건넸다. 그는 특유의 웃는 얼굴로 말했다.

"이제 갈 곳은 카라코룸이에요."

에르덴은 한국어로 말하며 나를 쳐다봤다. 나와 눈이 마주치자 윙크했다. 나는 미소를 지으며 모르는 척 앞을 바라보았다. 이렇게 우리는 중세 몽골 제국의 두 번째 수도 카라코룸을 향해 출발했다.

*** 

초원에 비가 내린 후 무지개가 떴다. 우리는 모두 탄성을 지르며 차를 세워달라고 했고, 모두 내려 사진을 찍었다.

태양이 구름 뒤에서 빛나고 있어 녹색 초원을 배경으로 생긴 무지개를 더욱 아름답게 보이게 한다. 에르덴은 차에서 내려 나를 향해 다가왔다. 내가 무지개를 배경으로 셀카 찍는 걸 보며 말했다.

"정말 예쁘다."

속으로 뭐라고 말할지 생각하다가 시크하게 말했다.

"나도 알고 있어."

일찍이 나는 이렇게 자신감을 가져본 적이 없었다. 에르덴은 나

를 보며 웃었고, 핸드폰을 꺼내 다가오며 물었다.

"찍어줄까?"

"그래."

내가 다양한 포즈를 취하고 있는데 김 오빠와 성민 오빠가 다가
왔다. 김 오빠가 에르덴에게 말했다.

"에르덴, 우리 셋을 찍어줘요."

두 사람은 나의 양 옆에 섰다. 에르덴은 전화기를 세워서도 찍고, 눕혀서도 찍어주었다. 김 오빠가 에르덴의 곁으로 다가갔다.

에르덴은 찍은 사진을 보여줬다. 사진을 본 후 김 오빠는 나를 성민 오빠와 연관지어 놀리듯이 말했다.

"미셸과 성민이 둘이 따로 찍어줘"

에르덴은 웃으며 나를 바라보았다. 당황해서 어찌할 바를 모르고 있는데, 성민 오빠가 내 어깨에 손을 얹고 해맑게 웃는다. 김 오빠가 에르덴에게 동의를 구하듯 말했다.

"이 두 사람 정말 잘 어울리지 않아?"

에르덴이 천연덕스럽게 대답했다.

"미셸이 제 여자 친구예요."

김 오빠는 갑자기 멍한 눈으로 나를 바라보았다. 김 오빠를 향해 나는 에르덴의 말이 맞다고 고개를 끄덕였다. 김 오빠는 당황하며 말했다.

"그랬어?"

쑥스러운 듯 내 등을 툭 치며 말을 이었다.

"미셸, 왜 말하지 않았어?"

내가 어찌할 바를 몰라하는데, 성민 오빠가 아는 체했다.

"형님은 몰랐어요?"

마치 자기는 알고 있었던 사람처럼 말했지만, 이미 귀까지 붉게 물들었다. 나는 그가 나에게 관심이 있다는 것을 알고 있었다. 차에서 사탕도 주고, 추운지, 더운지, 피곤한지 물어보며 관심을 표했었는데…. 내가 내내 무심하게 대한 것이다.

김 오빠가 다시 물었다.

"둘이 언제부터 사귄 거야?"

나는 한술 더 떠서 농담을 했다.

"우리 둘은 한 병원에서 3일 간격으로 태어나 곧바로 친구가 됐어요."

에르덴이 나를 보고 웃으며 덧붙였다.

"미셸이 5일에 태어났는데, 내가 3일 먼저 태어나 기다리고 있었어요."

성민 오빠가 이내 덤덤해진 표정으로 말했다.

"어떻게 그런 일이 있을 수 있지? 신기하네."

실제로 우리 둘은 같은 병원에서 같은 해, 같은 달인 7월에 태어났다.

이 대화 이후로 김 오빠는 나를 성민 오빠와 엮어 놀리지 않았다. 성민 오빠는 원래 사람들에게 친절하고 성격이 좋았다. 나에게 관심이 있었다고 해도 여행이 끝날 때까지 아무 일이 없었을 수도 있었다. 그냥 김 오빠가 바람을 잡았던 것이다. 성민 오빠도 싱글이고, 옆에서 자꾸 바람을 잡으니 그런 생각이 조금 들었을 수도 있다.

어쨌든 이제는 우리가 연인 사이라는 것을 알게 됐다. 에르덴이 나를 여자 친구라고 했을 때 우린 오래된 커플인 것 같은 감정이 생겼다. 어제보다 조금 더 가까워진 것 같다는 생각이 들었다.

차에 타려고 모두가 차 쪽으로 걸어갈 때, 에르덴과 나는 맨 뒤에서 함께 걸어가며, 서로를 바라보고 웃었다. 내가 에르덴의 손을 잡으려던 순간 오르시흐가 "차에 빨리 타세요"라고 소리쳤다. 다시 헤어져 서로 다른 차에 타게 되었다. 빨리 시간이 흘러 카라코룸에 도착하기만 바라고 있다.

카라코룸에 다다를 무렵 비가 더욱 거세졌다. 창문을 때리는 빗소리는 사랑에 빠진 내 심장 박동 같았다. 곧 우박이 쏟아졌다. 우박은 차를 관통할 것 같은 소리를 냈고, 와이퍼가 전면 유리창에 떨어지는 우박을 치우느라 아주 분주했다. 그러더니 어느새 비가 그치고 태양이 구름 뒤에서 천천히 나오며, 하늘이 맑게 갰다. 광활한 초원은 마치 아무 일도 없었던 것처럼 조금 전의 모습으로 돌아왔다. 우리는 불과 몇 시간 안에 놀랍게 변화하는 날씨에 감탄하며 카라코룸에 도착했다.

주차장에 주차하고 차에서 내린 후, 에르덴이 박물관 입장권을 사 왔다. 입장권을 나눠준 뒤 나에게 다가와 걱정스러운 목소리로 말했다.

"오는 길에 피곤했지? 비가 억수로 내렸잖아."

"그러게, 에르덴은 안 피곤해?"

에르덴은 내게 입장권을 들려주며 말했다.

"나는 이미 몇 번 봤어. 이번엔 안 보려고."

고맙다는 인사를 한 후, 그가 함께하지 않는다는 것이 섭섭했지만, 마지못해 다른 사람들을 데리고 박물관에 들어갔다. 통역이 있어야 했기에 나는 빠질 수 없었다. 사람들과 어울려 문으로 들어가 탄성을 지르고 있는데, 에르덴이 들어왔다. 놀라서 바라보니 다가와서 귀에 대고 속삭였다.

"너를 도와주려고."

나는 정말 기뻤다. 에르덴은 한국 사람들에게 다가가 하나하나 설명하고 있다. 에르덴은 이곳에 여러 차례 왔었고, 그래서 무엇이 어디에 있는지, 이곳의 역사가 어떻게 되는지 잘 알고 있었던 것이다. 정말로 사랑스러웠고, 자랑스러웠다. 나의 눈에는 오직 한 사람 소중한 에르덴만 들어왔으며, 박물관에서 본 것은 하나도 기억나지 않았다.

우리는 박물관에서 나와 커피를 마셨다. 에르덴이 커피를 든 채 웃으며 다가와서 말했다.

"미셸, 너에게 아름다운 곳을 보여주고 싶어."

우리 둘은 커피숍 위층으로 올라갔다. 루프탑에서 에르덴조 사원 전체를 조망할 수 있었다. 매우 경이롭고 독특했다. 사원과 담장 밖으로 관광객들이 오가며 사진을 찍고 있다. 말을 타거나 몽골 전통 의상인 델을 입고 사진을 찍거나, 일부는 호쇼르를 먹는 모습이 보인다. 어린아이들이 풍선을 쫓으며 노는 모습이 앙증맞다. 계속해서 차가 들락거린다. 삶이 분주하게 흘러가는 지금, 나는 이곳에서 시간이 멈춘 것처럼 에르덴과 함께하고 있다. 우리는 이미 커플처럼 행동하고 있다.

에르덴에게 물었다.

"이제 어디로 가?"

"울란 초트갈랑, 가본 적 있어?"

"울란 초트갈랑이 뭔데? 어디 있는데?"

"폭포야, 정말 아름다운 곳이야. 저기 저쪽으로 가야 해."

"그래, 정말 좋겠다. 나 가본 적 없어."

"이제부터는 비포장도로를 따라가야 해. 가는 길에 볼만한 곳이 정말 많아."

나는 에르덴을 바라보며 미소를 지었다.

"네 덕에 많은 곳을 보게 된다."

"이제 시작인데 뭐. 더 좋은 곳으로 함께 가자."

마침 에르덴에게 전화가 걸려왔다. 에르덴은 나에게서 떨어져 전화를 받고 돌아와서는 무언가 말을 꺼내려다가 말았다.

"이제 내려가자, 다른 사람들이 차로 가고 있대"

계단으로 내려가는 도중 에르덴은 손을 잡아주며 계단이 가파르다고 경고했다.

계단을 내려가며 생각에 잠겼다. 에르덴이 방금 무슨 말을 하려고 했을까? 전화는 누구에게서 걸려 온걸까?

차에 도착했는데 다른 사람들이 우리 둘을 기다리고 있는 것 같은 생각이 들었다. 당황하며 차에 타려는데, 에르덴이 불렀다.

"미셸, 내 차에 타."

나는 놀라서 이유를 물어보려 했지만 에르덴이 채근하는 통에 에르덴 차에 타고 말았다. 타고 보니 보르마 언니가 보이지 않았다. 우리 둘이 없을 때, 보르마 언니는 하나 언니와 맥주를 마시다가 분위기를 이어가려고 저쪽 차에 탔다고 했다.

이제야 비로소 에르덴의 차에 탔다고 생각하니 많이 설렜다. 에르덴은 일부러 룸미러를 나에게 맞추고 윙크했다. 나도 그를 보며 웃었다. 그는 모습은 아주 멋있었다. 나는 그가 몰래 하는 행동을 모두 지켜보며, 가끔 룸미러를 통해 눈빛을 교환했다. 오르시호의 차에 탔을 때는 일부러라도 잠을 청했었는데, 여기서는 자기는커녕, 일 분 일 초도 아까웠다. 에르덴이 오랫동안 나를 응시하면 앞을 보라고 눈빛으로 이야기한다. 다른 사람들이 눈치챌까 살펴보니 모두 자고 있다. 차 안에 우리 둘만 있는 것 같았다. 창밖으로는 가끔 비가 내리다가 이내 그쳤다. 언덕과 구릉을 넘고 넘어 울란 초트갈랑에 도착했다.

에르덴은 차 뒤 가방에서 점퍼를 꺼내 주었다.

"미셸, 이거 입어. 날씨가 쌀쌀해서 추워. 손!"

"고마워!"

점퍼를 입고 소매를 걷어 올리는데, 에르덴이 말한다.

"괜찮네. 좀 크긴 한데 잘 어울려."

점퍼에서 에르덴의 향수 냄새가 풍긴다. 우리 둘의 이러한 행동을 본 김 오빠가 "오~!" 하면서 손으로 하트 모양을 만들어 보여준다. 성민 오빠는 시샘이 나나 보다.

"미셸, 이젠 우리 차에 타요. 미셸이 없으니 지루해요. 같은 팀으로 움직여야죠."

에르덴이 몽골어로 말했다.

"안 돼, 내 차에 타, 알았어?"

성민 오빠가 웃으며 묻는다.

"둘이 방금 나한테 욕한 거야?"

"그럴리가요?" 하며 같이 웃었다.

이윽고 우리는 나무 울타리 사이의 문으로 들어갔다. 몇 년 전부터 초트갈랑 폭포 근처에 차를 세우는 것이 금지되었다고 한다. 자연보호 차원이라고 한다. 꽤 먼 거리를 걷거나, 말을 타고 갈 수 있도록 했다. 우리 대부분은 걸어서 갔다. 오르시흐가 우리를 웃기며 앞장섰고, 하나 언니와 보르마 언니는 우리와 떨어져 중요한 이야기를 나누는 듯 맥주를 조금씩 마시며 가고 있다.

폭포가 산 아래로 쏟아져 내리는 것 같은 소리는 들리는데, 가까이에는 보이지 않았다. 사람들이 많이 모여있는 곳으로 가니, 폭포 소리가 더 가까이에서 들린다. 앞으로 조금 더 가다가 깊은 협곡을 만나 멈춰 섰다. 지금까지 살면서 보지 못했던 아름다운 광경, 그 웅장한 소리에 나도 모르게 목이 메어 뭉클하고, 눈물이 흘러나

왔다. 나는 빠르게 눈물을 닦으며 서 있었다. 내 나라, 몽골의 자연이 영혼에 새겨진 상처를 치료해 준다. 위안을 주는 그 소리에 눈이 즐겁고 정신이 맑아진다. 영혼까지 매료되는 듯싶다. 이렇게 외진 장소에 희귀하고 아름다운 곳이 존재한다는 사실이 놀랍다. 말로는 표현할 수 없고, 결코 펜으로 담을 수 없는 감정이다.

에르덴이 내 뒤에 와서 말했다.

"사진 찍어 줄까?"

"그래."

재빨리 눈물을 닦고 대답했다.

"저기 옆에 있는 돌 위에 앉아."

내가 가서 앉으니 에르덴은 "하나, 둘, 셋!" 하며 사진을 찍었다.

"이젠 양손을 펼쳐 봐, 마치 폭포 물을 받는 것처럼."

그가 말한 대로 손을 뻗었다. 사진을 찍은 후 사진을 보여주려고 나에게 다가왔다. 정말 잘 찍은 사진이라 나도 모르게 탄성이 나왔다.

"그 사진 나에게 보내줘."

"이 사진 비싼데…."

"얼만데?"

"값으로 매길 수가 없어."

"이번에는 내가 너를 찍어 줄게."

"이미 많이 찍었어."

에르덴은 독사진 찍는 게 부끄러운 것 같았다.

"그러면 둘이 셀카 찍자."

내가 휴대 전화를 꺼내니 에르덴이 선수를 친다.

"나한테 보내지 않으면 어쩌려고?"

에르덴이 자기 전화로 사진을 찍었다. 가장 완벽한 사진이다. 왜냐고? 그가 내 옆에 있기 때문이다. 그리고 나의 불타는 눈, 붉어진 나의 볼, 나의 수줍은 모습이 왠지 행복해 보였다.

차로 돌아가는 길에 우리 둘은 남들보다 조금 뒤쳐져서 걸었다. 에르덴은 두 걸음쯤 앞서가다가 갑자기 갑자기 뒤로 돌아 나에게 가까이 다가오더니, 나를 마치 밀가루 포대처럼 들어올려 어깨에 얹었다. 나는 당황해서 그의 등을 때리고, 발을 구르며 외쳤다.

"뭐해, 내려놔!"

에르덴은 아랑곳하지 않고 계속 걸었다. 내가 등을 계속 때리고 내려놓으라고 반복하니, 그제서야 나를 내려놓으며 말했다.

"한 번 이렇게 해보고 싶었어."

내 눈을 빤히 바라보다가 내 귀에 대고 속삭였다.

"너는 자석처럼 나를 끌어당기고 있어."

그렇게 말하고는 재빨리 사라졌다. 자기가 말해놓고 부끄러워하는 것 같았다. 나는 그 자리에 서서 옷을 정리하며 마찬가지로 쑥스러워 어쩔 줄 몰랐다.

에르덴이 멀리서 소리쳤다.

"미셸, 비가 오려고 해. 서둘러."

나는 정신을 차리고 허겁지겁 달려갔다. 차에 타자마자 비가 내렸다. 에르덴은 다시 룸미러를 바라보며 윙크했다. 나는 어찌할 바를 몰라 룸미러 속 그의 눈길을 피해 창밖을 보는 척했다. 사실 창밖의 풍경은 눈에 들어오지도 않았다. 자석처럼 끌어당기는 건 내가 아니라 너라고 생각하며, 룸미러에 비친 그의 눈을 흘끔거렸다.

한참을 달려 차는 어느 캠프 앞에 도착했다. 비가 내리고, 산기슭에 안개가 자욱한 아름다운 곳이다. 에르덴이 차에서 내렸고, 우리가 차에서 기다리고 있는 사이 보르마 언니가 다른 차에서 내려 우리 차로 와 비어있는 운전석에 앉으며 남편에게 말했다.

"우리 내일 울란바토르로 돌아가야 해."

"무슨 일인데?"

"하나 회사에서 하나를 급하게 찾고 있어. 헙스걸에는 못 갈 것 같아."

잠시 후 에르덴이 돌아와 이야기했다.

"내리세요, 저 게르예요"

우리는 짐을 내리고 각각의 게르에 들어갔다. 김 오빠와 성민 오빠가 저녁 식사를 준비하고 내가 도왔다. 모두가 테이블에 둘러

앞자 김 오빠가 김치찌개를 테이블 가운데 놓고, 성민 오빠가 구운 삼겹살을 접시에 담는다. 대장이 소주를 가져와서는 테이블에 세팅하며 말했다.

"비 오는 날에는 막걸리를 마셔야 하는데…. 오늘은 소주로 대신해야지."

성민 오빠가 잔에 따라 모두에게 주었다. 대장이 잔을 들고 말을 이었다.

"사실 헙스걸에 가야 했는데, 하나에게 일이 생겨 모래 돌아가게 됐어요. 내일 모두 울란바토르로 갈 거예요. 좀 아쉽지만 하나를 위해 조직했던 여행이니, 오늘만큼은 재미있게 놀아요."

대장은 몽골어로 "위하여!"라고 했고 모두 "위하여!"라고 따라하며 술을 마셨다. 하나 언니가 일어서서 말했다.

" 이렇게 아름다운 곳으로 데려와 주신 모든 분께 감사드립니다. 다음에는 꼭 헙스걸에 갈 거예요. 미안합니다."

모두가 한 목소리로 외쳤다.

"괜찮아요!"

사실은 조금 서운했다. 며칠 동안 에르덴과 더 가까워지고 더 잘 알고 싶었다. 우리 둘에게 이보다 더 많은 날을 함께 할 기회가 있기를 바랄 뿐이다.

그날 저녁 다들 많이 마셨다. 대장의 게르에서 나와 다른 게르로 들어갔다. 그 게르를 <청년 전용>이라고 불렀다. 성민 오빠, 나, 김 오빠, 오르시흐, 물론 에르덴이 있었다. 우리는 소맥을 마시며 인생에 관해 이야기를 나누고, 남자들은 팔씨름하고, 한국 게임도 했다. 몇몇은 많이 취했다. 성민 오빠는 침대에 앉아 있다가 잠이 들었다. 오르시흐는 다음날 운전을 해야 했기 때문에 먼저 잤다. 김 오빠는 팔씨름하다가 "손, 손!" 하며 침대에 누웠고, 그대로 잠들어 버렸다. 에르덴은 원래 술을 잘 마시는지, 술을 마셨는지 아닌지 모를 정도로 정상인 상태를 유지하고 있었다. 사람들을 즐겁게 해주고, 기분을 맞춰주고, 편안한 환경을 만들어주는 정말로 멋진 청년이다. 나는 우리가 함께하는 매 순간순간 그를 알아갔다.

하나둘씩 잠이 들고 어쩌다 보니 우리 둘만 남았다. 나는 맥주 한두 잔밖에 안 마셨기에 괜찮았지만, 어느새 2시가 되었고, 나도 모르게 하품이 나왔다. 게르에 침대가 4개밖에 없어서 내가 침대에 누우면 에르덴이 잘 침대가 없다. 어떻게 해야 할지 몰라 화장실에나 다녀와야겠다고 생각하며 에르덴에게 물었다.

"화장실 갈래?"

우리 둘이 게르를 나서는데 보슬비가 조금 내리고 있었다. 자연의 아름다운 향기가 퍼졌다. 에르덴이 물었다.

"밖이 정말 아름답지? 춥지 않아?"

"정말 아름다워."

"만약 헙스걸에 갔더라면, 여기보다 더 좋은 곳을 보여주겠다고 생각하고 있었어. 진정한 아름다움은 그곳에 있는데."

에르덴은 서운한 듯 말했다.

"괜찮아, 나중에 또 가면 돼지."

리조트의 희미한 불빛 아래 에르덴을 바라보고 미소를 지으며 말했다.

에르덴에게 잠깐 기다리라고 하고 화장실에 들어갔다. 밖에서 에르덴의 목소리가 들린다.

"미셸, 무섭지 않아?"

대답을 하려고 하니 소변이 멈췄다. 이 상황이 웃겼다. 에르덴은 내가 대답이 없자 걱정스러운지 조용히 이름을 불렀다.

내가 화장실에서 나오자 에르덴이 나를 놀려댔다.

"큰 일을 본 거 아냐?"

나도 에르덴을 놀리며 그의 어깨를 때렸다.

"금요일(몽골어에서 금요일은 똥 쌌다는 것과 발음이 같다)이 아니고 토요일이야."

내 움직임 하나하나를 웃는 얼굴로 지켜보는 에르덴의 눈빛은 왠지 나를 애지중지해 주는 것 같았다. 한편으로는 어린 소녀가 된 듯한 느낌이, 다른 한편으로는 음란한 여성이 된 듯한 느낌이 들었고, 내 어깨에 있던 신과 악마 가운데, 악마가 나를 떠난 것 같았다.

우리는 차에서 자기로 했다.

에르덴은 차 내부를 정리하며 물었다.

"정말 여기서 자도 괜찮아? 불편하면 말해."

이 순간이 정말 낭만적이라고 생각했다. 마치 영화 속 황량한 들판에서 길을 잃은 커플 같았다. 나는 에르덴의 가슴에 머리를 대고 누웠다. 그의 심장이 빠르게 뛰는 소리가 들렸고, 우리는 한동안 침묵했다.

에르덴은 잘 자라고 이야기하며 나를 껴안고 이마에 키스했다. 나는 놀라 어찌할 바를 몰라 하다가 나도 모르게 에르덴을 끌어안으며 그의 가슴에 얼굴을 묻었다. 에르덴은 내 등을 부드럽게 쓰다듬으며 내 머리카락을 귀 뒤로 넘겨주고, 부드럽게 잡아당겨 내 입술에 키스했다. 그 순간 나는 눈을 감고 그의 입술을 느꼈다.

"정말 귀엽네, 꽉 껴안고 싶어."

"그럼 내가 아프잖아."

귀여운 투로 투정을 부렸다.

에르덴은 내 등과, 목을 차례로 부드럽게 쓰다듬고, 머리를 뒤로 넘겨주며, 나의 성감대를 하나하나 찾는 것 같았다. 내가 알지도 못했던 곳까지 느껴지며 온몸이 달아올랐다. 에르덴이 목에 키스할 때 참지 못하고 그의 입술을 내 입술에 가까이 당겨 키스했다. 그날 밤은 마치 영화 〈타이타닉〉에서 로즈와 잭이 서로의 몸을 탐

닉하고 키스하며 흥분해, 여자의 흠뻑 젖은 손이 차창을 미끄러지는 것과 같은…. 내가 무슨 말을 하려고 하는지 잘 알 것이다. 내 인생에서 경험한 가장 황홀하고 예술적인 순간이었다. 밖에는 여전히 비가 내리고 있는데, 차 지붕에 떨어지는 빗소리도 우리에게는 사랑의 멜로디처럼 들렸다. 모든 것이 완벽했다. 우리 둘은 서로의 따뜻함을 느끼며 천천히 잠들었다.

***

창문으로 햇볕이 비춘다. 밤새 내리던 비는 어느새 그쳤고, 구름 한 점 없는 맑은 아침이다. 에르덴은 여전히 나를 안은 채 깊은 잠에 빠져있다. 고개를 돌려 에르덴을 바라본다. 멋진 눈썹이다. 양옆으로 부드럽게 뻗어있는 눈썹, 내가 좋아하는 쌍꺼풀이 없는 눈에 코는 높다. 먼저 눈을, 다음은 코, 입술을 차례로 만졌다. 그리고 입술에 부드럽게 키스하는데 에르덴도 반응해왔다.

에르덴은 부드러운 목소리로 말했다.

"관찰은 다했어?"

"응, 잘 봤어."

웃으며 대답했다.

에르덴은 눈을 뜨고 나를 꼭 안아주었다.

"아파, 얼마나 세게 안는 거야!"

"네가 먼저 시작했잖아."


창문을 두드리는 소리가 났다. 우리 둘은 급하게 일어나 앉았다. 오르시흐가 창문을 두드리며 말했다.

"일어나."

내가 먼저 옷을 입고 창문을 열고 나갔다.

우리 게르 사람들은 이미 일어나 있었다. 모두에게 인사하고 나와 주위를 둘러보니 차가 게르와 너무 가까웠다. 밤에 들리지 않았겠냐는 생각에 걱정이 되었다. 에르덴이 차에서 내려 다가왔다.

"셔츠가 좀 늘어났어."

에르덴이 쑥스러운 목소리로 대답했다.

"새로 사줄게, 그러면 되지."

"그리고 차가 게르와 너무 가깝잖아."

"그래, 좀 가깝기는 하네."

때마침 대장이 밖으로 나와 우리에게 인사를 건넸다.

"잘들 잤어요? 다들 아침 먹고 출발합시다."


이렇게 우리는 떠날 준비를 하고, 캠프에서 제공하는 계란과 빵, 수태차로 아침을 먹었다. 일부는 속이 불편하다며 라면을 먹었다. 한국 사람들은 배가 고파도 라면, 속이 안 좋아도 라면, 시간이 급해도 라면을 먹으니 참 쉽다. 이윽고 차에 탈 시간이 됐다. 보르마 언니가 어느 차에 탈지 몰라, 보고 있는데 에르덴의 차에 탔다. 에르덴은 그걸 보고 있다가 나에게 다가오더니 말했다.

"잠깐 동안만이야."

김 오빠가 웃으며 말을 걸었다.

"미셸, 드디어 같이 가는 거야? 이젠 배신하면 안 돼."

나를 먼저 차에 태우고 따라 들어와 앉았다. 옆에 있던 성민 오빠는 속이 안 좋다며 고개를 흔든다. 하나 언니가 뒤를 돌아보며 물었다.

"몇 시까지 마셨어요?"

성민 오빠가 나를 보며 물었다.

"몇 시였어요?"

"거의 2시였어요. 오빠는 침대에 앉아 있다가 잠들었잖아요."

"나도 피곤했잖아. 그리고 보드카 정말 독하다. 다시는 술 안 마실 거야."

김 오빠가 놀려댔다.

"누가 마시라고 강요했어?"

오르시흐가 활기차게 외쳤다.

"자! 울란바토르로 출발."

모두 환호하며 호응했지만, 머지않아 모두가 잠들었다. 나 역시 나도 모르게 눈을 감고 잠이 들었다. 장거리 여행에서는 잠을 자는 것이 지루함을 줄이는 데 도움이 된다. 몽골을 여행해 본 사람들은 잘 안다. 깨어나 보니 휴게소에 도착해 있었다.

오르시흐가 손뼉을 치며 깨웠다.

"일어나세요, 일어나세요!"

성민 오빠는 차에서 내리자마자 토했다. 김 오빠가 이걸 보고 그냥 넘어갈 리 없었다.

"야, 거기 깨끗이 치워!"

두 사람은 항상 웃겼고 마치 부부 사이처럼 죽이 잘 맞았다.

오르시흐가 나를 불러 한국인들을 인솔하라고 말했다.

나는 한국인들을 데리고 식당에 들어갔다. 에르덴이 문 앞에서 나를 기다리고 있다. 내가 그를 보고 웃자, 나에게 쟁반을 주며 말했다.

"여기에 먹고 싶은 것을 받아."

에르덴은 내 뒤를 따라 걸어오며 말했다.

"셔츠가 더 잘 어울려."

"왜 사람을 창피하게 만들고 그래?"

"알았어, 알았어, 농담이야. 그래도 멋진 스타일의 셔츠다."

나는 돌아보며 화난 척 노려봤다. 에르덴은 딴청을 피우며 말했다.

"여기는 골야쉬(몽골 음식, 고기스튜)가 맛있어."

"너는 뭘 먹을래?"

에르덴에게 묻자 초이왕(몽골 음식, 고기국수)이라고 했다. 우리는 음식을 받아 테이블에 앉았다. 몇 명은 맥주가 마시고 싶은지 셍구르(몽골 맥주)를 하나씩 주문했다. 식당의 TV에서는 월드컵 경기가 방영되고 있었다. 우리는 열정적으로 대화를 이어갔다. 우리의 관계는 매우 친밀했고, 따뜻한 분위기가 형성되었다. 식사를 마치고 차로 가는데, 보르마 언니가 우리 차에 타고 있다. 하나 언니와 보르마 언니가 맥주를 또 산 것이다.

"보르마 언니, 이 차를 타고 가려고요?"

"응, 이따가 봐."

보르마 언니는 차 문을 쾅 닫았다. 나는 속으로 너무 기뻤다. 때를 놓치지 않고 에르덴이 말했다.

"미셸, 내 차에 타."

나는 고개를 끄덕이며 차에 탔다. 우리 둘의 대화를 알아듣는 사람이 아무도 없었고, 가끔 대장이 대화에 끼어들었다.

"우리 욕하고 있는 거 아니죠, 한국어로 말해요, 뭐 하고 있는 건데."

다른 사람들은 모두 잠이 들었다. 나는 오르시흐의 차에서는 쉽게 잠들지만, 이 차에 타기만 하면, 오히려 정신이 더 맑아진다. 소중한 사람과 함께 하고 싶다는 생각 때문일까? 가끔 룸미러를 통해 눈빛을 교환한다. 뒤에서 목 마사지를 해주니 아주 좋아했다. 우리는 날이 어두워질 무렵 울란바토르에 도착했다.

우리는 자이승에 있는 꼬치구이 맛집에 갔다. 오는 길에 꼬치구이에 맥주를 마시자고 의기투합했기 때문이다. 다들 피곤했지만, 하나 언니가 내일 떠나야 했기에 송별회를 겸해 모두 모였다. 다들 둘러본 것들에 관해 이야기를 나누고 사진도 교환했다. 내일 하나 언니가 떠나기 전 테를지에 가기로 하고 호텔로 향했다. 모두 각자의 방에서 샤워한 후 하나 언니의 방에 모이기로 했다. 내가 어찌할 바를 몰라 정문 앞에 서 있는데, 하나 언니가 불렀다.

"미셸, 우리 방에 가자."

에르덴이 밖에서 들어오며 불렀다.

"미셸, 잠시만 기다려."

"빨리 샤워만 하고 나올게."

그렇게 말하고는 하나 언니의 뒤를 따라 엘리베이터에 탔다. 에르덴이 무슨 말인가 했지만, 엘리베이터 문이 닫혀 듣지 못했다.

하나 언니의 방에 들어서자 언니가 등을 떠밀었다.

"미셸, 먼저 씻어요, 난 이메일을 보내야 해요."

에르덴이 기다리고 있다는 생각에 급하게 씻고, 머리도 말리지 못한 채 내려갔다. 에르덴은 내가 내려오기를 기다리며 현관 의자에 앉아 있었다. 에르덴이 나를 보며 말했다.

"어떻게 사람이 부르는데 그냥 가?"

나는 미안한 표정을 지었다.

에르덴은 나를 데리고 계단으로 갔다. 2층에 올라가자마자 나를 벽에 밀어붙이고 입술에 키스하고 난 뒤 복도 끝을 가리키며 말했다.

"저기가 우리 둘의 방이야."

긴 복도의 마지막 방을 열고 들어섰다. 침대 위에 하트 모양으로 놓여 있는 수건을 보고 설렜지만, 못 본 척했다.

에르덴은 이걸 보라며 침대 위 수건을 가리켰고 나는 입을 가리고 웃었다.

그러는 사이 에르덴의 전화가 울렸고 하나 언니의 방에 모두 모였다고 했다. 5층에 있는 하나 언니의 방으로 들어가는데, 김 오빠가 반기면서 말했다.

"미셸, 에르덴, 여기 앉아요."

옆에 준비한 두 개의 의자에 우리를 앉혔다. 그러더니 맥주를 따서 우리에게 주고는 몽골어로 "위하여!"를 외쳤다. 다들 "위하여!"를 외치며 서로에게 감사한 마음을 전했다. 노래 부를 사람은 노래를 부르고, 수다를 떨 사람은 수다를 떨었다. 누가 무슨 일을 하든 상관없이 자유로운 분위기였는데, 나에게는 더할나위 없이 좋았다. 이렇게 내 인생에 또 하나의 아름다운 추억이 생겼다. 서로 다른 언어를 사용하고 국적도 다르지만, 같은 마음으로 서로 연결되어 있다는 것을 다시 깨닫게 된 좋은 저녁이었다.

*** 

휴대 전화 알람이 울리는 동시에 에르덴이 눈을 떴다.

내 얼굴에 드리운 머리카락을 뒤로 넘겨주고, 내 볼에 가볍게 키스하며 말했다.

"미셸, 어서 일어나."

나는 애교스럽게 말하며 그의 목을 껴안았다.

"알았어."

에르덴은 나를 끌어당겨 일으켰다.

"내가 먼저 나가 있을게. 천천히 나와."

에르덴은 다시 내 입술에 키스하고 밖으로 나갔다. 마침 친구 에무징에게서 전화가 왔다. 에무징은 직장에 휴가를 냈다며 우리가 가려고 했던 헙스걸로 내일 가자고 했다. 내일 나를 데리러 집으로 오겠다고 하고는 전화를 끊었다.

내일 장거리 여행을 가야 하는데 오늘 테를지에 가면 피곤할 것 같다는 생각이 들었다. 에르덴에게 이야기하고 여기에서 곧바로 집으로 돌아가기로 했다. 에르덴은 조금 섭섭해하며 말했다.

"테를지에 갔다가 저녁에 하나 누나를 배웅하고 내가 너를 데려다줄게."

"나 빼고 그냥 가, 내가 저녁에 공항으로 갈게."

"그래, 알았어, 테를지에서 돌아와서 전화할게."

에르덴은 대장에게 한국어로 설명했다.

"미셸은 집에 일이 생겨 돌아가야 해요."

대장은 섭섭한 표정을 지으며 지갑을 꺼내어 돈을 주려고 했다.

"괜찮아요, 함께해서 즐거웠어요."

나는 거절의 의사를 밝혔으나, 에르덴이 웃으며 말했다.

"사람이 주면 받아."

나는 조금 당황했지만, 돈을 받고 고맙다고 인사했다. 하나 언니에게도 인사를 했다.

"언니, 저녁에 공항에 갈게요."

"그래요, 어찌 됐든 저녁에 봐요"

엘리베이터를 타려고 기다리고 있는데, 에르덴이 말했다.

"공항에 갈 때 전화할게."

고개를 끄덕이며, 엘리베이터에 탔다. 에르덴을 바라보며 소리 없이 입 모양으로 작별 인사를 하면서 웃는데 문이 닫혔다. 함께 갈

걸 그랬나 하는 후회감이 밀려왔다. 이제는 소용없는 일이라, 택시를 타고 집으로 돌아왔다.

엄마는 가게에 나가고 없었다. 나는 집에 들어오자마자 베개에 머리를 묻고 잠들어버렸다. 그동안 쌓인 여독에 곯아떨어진 것이다. 에르덴의 전화 소리에 잠에서 깼다. 눈을 뜰지 말지 고민하다가 목을 가다듬고 전화를 받았다.

"여보세요?"

"미셸, 우리 지금 공항으로 가고 있어."

"알았어, 나도 갈게."

급하게 일어나 세수를 하고 화장을 한 후 오빠의 차를 빌려 타고 출발했다. 공항이 가까워 다른 사람들과 거의 동시에 도착했다. 2층에 올라가는데 에르덴, 김 오빠, 성민 오빠, 하나 언니가 차에서 내려 다가왔다. 다른 사람들은 호텔에서 쉬고 있다고 했다. 에르덴도 지쳐 보였다. 모두에게 인사를 하는데 김 오빠가 물었다.

"집이 근처에 있어?"

"네."

성민 오빠도 한마디 했다.

"잘 쉬었나 봐요."

성민 오빠는 싱긋 웃더니 고개를 숙이고 말했다.

"푹 자고 싶어. 다시는 보드카를 마시지 않을 거야."

모두가 놀리며 웃었다. 이제 진짜로 헤어질 시간이다. 하나 언니를 가운데 세우고 함께 사진을 찍어주며 말했다.

"언니 오늘 정말 예뻐요."

"남편과 딸들이 전화해서 내가 보고 싶다고, 모두가 함께 공항에 마중 나오겠다고 해요."

"아, 그래요, 정말 잘됐네요."

언니는 내 손을 꼭 잡고 말했다.

"다음에 가족과 함께 몽골에 와서 헙스걸에 갈 거예요, 미셸, 한국에서 봐요."

언니는 나를 포옹하고 나서 안으로 들어갔다. 하나 언니가 이곳에 온 목적이 실현된 것이다. 우리는 하나 언니가 보이지 않을 때까지 서서 지켜보다가 주차장으로 나왔다.

김 오빠와 성민 오빠에게 미리 인사를 했다.

"내일 한국에 갈 때 배웅해 드리지 못해 미안해요."

"괜찮아, 미셸, 한국 가서 만나."


먼저 차에 타 있던 에르덴이 물었다.

"내일 몇 시에 출발해?"

"아마 저녁쯤…."

"이 사람들을 보내고 그때까지 떠나지 않았으면 보자."

웃으며 고개를 끄덕이는데, 에르덴이 나에게 키스하려고 하는 것 같았다.

"지금은 안 돼."

에르덴이 놀란 표정을 지으며 물었다.

"어떻게 알았어?"

"우리 둘이 같은 생각이잖아."

나는 손을 흔들며 뒤로 물러섰다.

에르덴은 "안녕"이라고 말하며 손을 흔들었지만, 눈빛은 키스를 원하고 있다. 하지만 나는 한국 사람들이 보고 있다는 생각에 돌아서서 내 차가 주차된 곳으로 갔다.

차에 타는데 에르덴에게서 메시지가 왔다.

- 그냥 붙잡고 오랫동안 키스하고 싶었어.
- 그럼 왜 안 한 거야. 하하. 돌아가서 푹 쉬어, 키스를 보내…
- 너도. 내일 얘기해. 😘

이 지구에 우리 둘만 있는 것 같은 느낌, 매일 설레는 마음, 누군가를 그리워하는 마음을 가진 내가 가장 행복한 여자임에 틀림없다. 벌써 내일의 만남이 기다려진다.

# 4

오늘 여행을 함께 떠나는 친구들은 오랫동안 친구로 지내온 학교 동창들이다. 이렇게 오랫동안 친구로 지낸다는 건 흔치 않은 행운이며, 나에게 가장 소중한 사람들이다. 지금도 멀리 떨어져 있지만 마음과 심장은 늘 함께 있다는 것을 알고 있고, 누군가에게 어려운 일이 생기면 말하지 않아도 느낄 수 있는 그런 사이다. 이번에 운 좋게 우리 모두 몽골에 있어 만날 수 있게 되었다.

졸라는 캐나다에서 공부하고 있다. 3년 만에 방학을 이용해 아이를 데려가려고 왔다. 셋째 아이는 배 속에 있다.

토야는 몽골에서 사업을 하고 있다. 가족과 함께 헙스걸 여행을 하고 있다. 우리는 헙스걸에서 만나기로 했다. 에무징은 남편과 함께 해외에서 온 친구들을 접대하기 위해 휴가를 냈다. 그들 부부는 여행을 위해 자동차와 타이어를 점검하고, 엔진 오일을 교체했다고 알려주었다. 한편으로는 에르덴에 관해 궁금해했는데, 만나서 얘기하자고 하니 아주 신이 났다. 나도 천천히 준비하며, 작은 캐리어에 옷을 넣고 무엇을 더 가져갈지 생각하며 앉아 있는데, 엄마 목소리가 들린다.

"내 딸, 아침과 저녁에 추운 곳이야. 따뜻한 옷을 준비했니? 엄마에게 델 있잖아."

"알았어, 가져갈게, 추운 것보다는 낫지."

엄마가 먹으라며 부엌에서 나를 불렀다. 엄마가 만든 고릴태 셜(몽골식 칼국수)은 언제나 맛있다. 엄마는 나에게 여행이 어땠는지, 앞으로 계속하려는지 매우 궁금해하며 묻는다. 나는 몽골에 돌아오기를 잘했다는 생각과 영화감독이 되려는 사람에게 인간의 성격을 연구하고, 현장에서 느낀 것을 기록하는 것이 학교에서 배우는 것보다 더 나은 교육과정이라고 이야기를 했다. 엄마는 내 말을 주의 깊게 들으며 맞다는 듯 고개를 끄덕였다. 그러던 중 전화가 울렸고 우리 둘의 이야기는 여기서 끝나게 되었다.

에르덴이 오후 3시쯤 오겠다고 했고, 동시에 여행을 같이 갈 친구들도 우리 집으로 오고 있다고 했다. 나는 단 몇 분이라도 에르덴과 함께 있고 싶었다. 에무징에게 계속 전화해 어디냐고 물어보니 내가 기다리다 지친 것으로 생각하는 것 같다. 나는 전혀 다른 생각

**116**

을 하고 있는데 말이다.

에무징이 밖에 도착했다고 전화했다. 밖으로 나가 차에 타서는 오랫동안 보지 못했던 졸라를 껴안고 뽀뽀하며 인사했다. 배가 엄청나게 불러있었다. 에무징이 물었다.

"열심히 가고 있다고 하는데 왜 계속 전화를 한거야? 무슨 일 있었어?"

차가 출발하려는데, 맞은 쪽에 에르덴의 차가 나타났다. 에무징의 남편에게 세워달라고 이야기하고는 차에서 내렸다. 에르덴도 차를 세우고 나를 바라보며 내가 타기를 기다렸다. 에르덴의 차에 타자마자 열정적으로 키스했다. 에르덴이 내 손을 잡고 말했다.

"조심해서 다녀와. 물어볼 것이 있으면 언제든 물어봐. 자주 문자 보내고."

내리려고 했더니 나를 붙잡으며 물었다.

"그래서 며칠 걸리는데?"

"잘 모르겠어. 날짜를 정하지 않았어."

"그래, 알았어, 친구들이 기다리고 있겠네."

말과는 달리 나를 놓아주지 않았다. 오랫동안 키스하고, 있는 힘껏 꽉 안아줬다. 내가 차에서 내려 뒤를 돌아보니 창문을 열고 손을 흔들었다. 나도 답례로 손을 흔들고 차로 달려갔다. 에무징의 차에 타자 에무징이 물었다.

"에르덴이야?"

"응, 오겠다고 했었어."

"아, 그래서 계속 전화한 거구나 말하지 그랬어. 그랬으면 천천히 왔지."

에무징은 놀리듯 웃었고, 영문을 모르는 졸라가 물었다.

"나만 모르는 뭔가가 있는 거야?"

에무징이 눈을 찡긋하며 말했다.

"이따가 도착하면 미셸의 진정한 이야기를 듣자."

에무징은 남편에게도 조용히 하라고 입술에 손가락을 대며 신호를 보냈다. 졸라도 그제야 뭔가를 깨달은 듯 말했다.

"뭔가 알 것 같아. 사진이라도 보여줘."

휴대 전화를 꺼내 사진을 보여주는데, 에르덴에게서 벌써 보고 싶다는 메시지가 왔고 졸라가 읽었다.

"오. 벌써 보고 싶다네."

졸라는 사진을 보더니 속삭였다.

"괜찮아 보이는 청년이네."

나는 머리를 끄덕이며 마음을 진정했다. 그러다 화제를 돌려 졸라에게 물었다.

"친구야, 그래서 그곳에 익숙해졌어?"

"첫해에는 좀 그랬는데 지금은 익숙해졌어."

"언제 돌아가?"

"두 달 정도 있을 거야. 큰아들을 데리고 가려고."

우리는 만나지 못했던 몇 년 동안 각자에게 있었던 수많은 일들을 이야기하며 기쁨과 슬픔을 나누었다. 에무징의 남편은 가끔 우리 셋을 놀리듯 웃었다. 토야는 신호가 잡힐 때마다 전화를 걸어 어디쯤 왔는지 물었다.

어느새 밤이 되었다. 졸라와 나는 뒷좌석에서 서로 기대어 잠이 들었다. 에무징은 남편이 잠들까 봐 옆에서 계속 말을 시키고, 커피를 타서 건네준다. 에무징의 남편은 아내를 생각해 자도 된다고 배려해 준다. 우리는 이렇게 하트갈을 지나 장해 근처 신호가 잡히는 지역에 이르러 토야가 있는 게르 캠프의 위치를 물었다.

새벽이 되었고 안개가 긴 호숫가의 나무 사이로 난 길을 따라가는데, 정말로 동화 같았다. 마침 이슬비가 촉촉하게 내리고 있었다. 나는 마음이 들떠 창문을 열고 손을 내밀어 비를 느끼며 심호흡했다. 장해로 깊이 들어갈수록 더욱 아름다워 보였다. 에무징은 피곤해서 잠들었고, 남편은 내가 창문을 열자 같이 창문을 열고는 내게 말했다.

"정말 아름답지 않아?"

"그러네. 동화는 저리 가라네."

왠지 동화라는 말에 에르덴이 생각났다. 우리가 함께 서 있었던 그날이 기억이 문득 떠올랐다.

에무징의 남편은 신이 나서 물었다.

"방금 지나간 집과 게르 캠프를 봤어?"

"응, 기슭에 보트가 있었지?"

"응, 토야를 데리고 거기에 묵으면 좋을 것 같아."

"그래, 이 두 사람이 깨어나면 말해주자."

곧 졸라가 깨어나 남편에게 물었다.

"어디야?"

"말하면 어딘지는 알고?"

에무징의 남편이 놀리듯이 말했다.

이때 에무징의 전화벨이 울렸는데 토야의 전화였다. 에무징은 거의 다왔다고 말했다. 나는 창문을 열고 사진을 찍으며, 졸라와 에무징에게 방금 지나온 캠프에 대해 말해주었다.

숲을 빠져나와 언덕 하나를 넘으니, 금방 불을 지핀 듯한 많은 게르의 굴뚝에서 연기가 피어오르는 것이 보였다. 여기가 맞는 것 같다고 이야기하고 있는데, 정말로 토야가 있는 것 같은 게르에서 사람들이 나와 이쪽을 보고 있었다.

에무징이 소리를 질렀다.

"토야!"

게르의 오른쪽에서 한 여성이 손차양하고 이쪽을 바라보고 있

었는데 토야가 맞았다. 토야는 우리를 보고 달려왔다. 우리는 차를 주차장에 세우고 내렸다.

토야가 나를 껴안으며 뽀뽀하는데 눈에 눈물이 가득하다. 나 역시 참지 못하고 눈물을 떨궜다. 그리움, 기쁨, 행복의 눈물이었다. 우리는 껴안은 상태로 한동안 있었고, 토야는 졸라가 차를 돌아 나오는 것을 보고서야 나를 풀어주었다. 다음으로 토야는 졸라를 껴안고 배를 만지며 말했다.

"배가 정말 많이 불렀네."

뒤에서 에무징이 섭섭한 목소리로 말했다.

"나도 안아주고 울어달라고."

토야는 그제서야 에무징을 안아주었다. 반가운 인사가 끝난 후 토야가 말했다.

"너희가 오는 길에 배고플 거 같아서 초이왕을 만들었어. 이웃 집에서 우유를 사서 차도 끓여놓았고, 어름(끓인 우유 표면에 생기는 막)도 있어. 어서 들어가자."

모두가 토야의 게르로 향했다. 토야의 남편은 아내의 친구들인 우리를 따뜻하게 맞아주었고, 들어가서 맛있게 먹고 마시라며 아주 친절하게 대해주었다. 몇 명은 아직 자고 있었다. 우리는 큰 솥에 가득한 초이왕과 빵에 새 어름을 발라 먹고, 따뜻한 차를 마신 후, 토야를 데리고 오는 길에 점 찍어 둔 캠프로 갔다.

운이 좋게도 딱 하나의 게르가 비어 있었다. 마치 우리가 도착하기를 기다리고 있었던 것 같았다. 당연히 성수기라 이곳에도 피서객과 여행객들이 많았다. 우리는 우선 이곳에서 이틀을 보내기로 했으며, 짐을 게르에 들여놓았다. 그러고는 오는 동안 피로를 풀기 위해 일단 자자고 결정했다. 각자 침대에 누워 아침 뻐꾸기 울음소리와 타닥타닥 장작 타는 소리를 들으며 잠에 들었다.

게르의 창문으로 비치는 햇빛에 깨어났다. 토야는 이미 게르의 문 앞에 테이블을 준비하고 우리가 깨어나기를 기다리고 있었다. 휴대전화를 보니 받지 못한 전화가 여러 통 있었다. 전화 소리도 듣지 못할 정도로 깊은 잠에 빠졌던 것 같다. 엄마가 '잘 도착했어? 대답해, 걱정되잖아.' 하고 메시지를 보냈다. 엄마에게 전화해 잘 도착했고, 아름다운 곳에 머물고 있다고 말해 걱정을 덜어드렸다. 다음 차례로, 설레는 마음으로 에르덴에게 전화를 걸었는데 바로 전화를 받는다. 마치 내가 전화하기를 기다리고 있었던 것 같다. 그리고 걱정스러운 목소리로 어디에, 어떤 캠프에 있는지, 피곤하지는 않은지, 자기 생각을 하고 있는지 등을 내가 말할 시간도 없이 혼자서 말했다. 그러다가 더는 질문이 없는지 잠시 쉬었다. 나는 헙스걸 호수의 물가를 따라 걸으며 그와 통화했다. 세계와 단절된 외딴 바다의 아름다운 공주가 있다면, 내가 바로 그 공주이리라. 단절된 세계에 사는 아름다운 청년을 그리워하는 공주처럼 모든 것을 잊은 채 전화에 몰두했다. 에무징이 저쪽에서 계속 손을 흔들며 부르고 있는 것을 그제야 알아보았다. 얼른 이 세계로 돌아와 에르덴에게 이유를 설명하고 전화를 끊고는 친구들에게로 갔다. 벌써 한 시간이 지나 있었다.

게르 밖에 아름다운 테이블이 준비되어 있었는데, 모두가 둘러앉아 나를 오랫동안 기다렸다는 듯 짜증 난 표정이었다.

토야가 심통난 표정으로 물었다.

"이렇게 오랫동안 누구랑 통화했는데?"

에무징이 야릇한 표정을 지으며 말했다.

"있어, 있어."

토야가 궁금한 표정으로 이야기했다.

"새로운 소식이 많은가 봐. 이제 앉아서 털어놔 봐."

다들 나의 새로운 사랑 이야기를 집중해서 들었다. 중간중간 졸라가 캐나다에서 가져온 와인을 마시며. "너희 둘의 진정한 사랑을 위하여!"라는 건배 멘트와 함께 에르덴의 이야기를 끝냈다. 대화는 이제 과거로 돌아가 우리의 어린 시절 이야기로 전환되었다. 어떻게 친해지게 되었는지부터 시작해서 학교를 졸업하고 어떻게 살아왔는지 울고 웃으며 이야기꽃을 피웠다. 그리고 지금 이렇게 다시 모여 함께 앉아 있음에 감사하며 추억을 사진으로 남겼다. 찬란한 햇살마저 우리의 기쁨과 행복을 축하해 주는 듯했다.

호수 가운데 있는 소원의 산에서 친구들은 내가 원하는 사랑이 이루어질 수 있도록 기원해 주었다. 모터보트를 타고 다른 보트에 탄 사람들에게 소리쳐 인사했다. 모두 델을 입고서 타이깅의 깊은 숲속에서 순록과 함께 사진을 찍었다. 모두 중고등학교 소녀들이 첫 소풍을 나온 것처럼 행동했다. 산에서 자라는 꽃냉이 사이로 뛰어다니는 암사슴처럼, 그리고 비포장도로의 한가운데 앉아 두려움을 모르는 용감한 전사들처럼 다들 호기심 많고 두려움이 없었다. 4일간의 여행은 영원히 잊지 못할 추억을 만들어준 소중한 여행이었다.

지금 하고 싶은 일이 있다면 당장 해야 한다. 내일은 없다. 다음 번 오늘처럼 우리가 다시 모이는 날에는, 어쩌면 우리의 얼굴에는 온통 주름꽃이 피고, 누구는 할머니가 되어 손자, 손녀를 봐야 해서, 누구는 해외에 나가 있어서, 또는 이미 세상에 없어서 만나지 못할 수도 있는 것이다. 미래를 위해 오늘을 희생해서는 안 되는 것이다. 나는 이것을 빌궁을 통해 잘 알게 되었다. 하루하루 살아가야 오늘을 소중히 해야 한다는 것을.

친구들과 함께한 4일간의 여행이 끝나고 울란바토르로 출발했다. 돌아가는 여정 내내 에르덴은 메시지를 통해·언제 오는지, 어디를 지나가고 있는지, 피곤하지 않은지, 홍수는 괜찮은지, 모든 것을 세세하게 신경 썼다. 여자는 이런 사랑을 받아야 한다는 걸 매일매일 느꼈다. 에무징은 내가 휴대 전화를 볼 때마다 웃고, 기뻐한다는 것을 알아차리고 있었다.

"나는 최근 몇 년 동안 미셸의 얼굴이 이렇게 빛나는 걸 본 적이 없어. 내 친구의 활력을 그 못난 빌궁이 없애버린 거라고."

졸라가 놀리듯 덧붙였다.

"맞아, 미셸. 너 지난 4일 동안 우리와 함께 있었다는 걸 알고는 있니?"

토야도 거들었다.

"몰라, 몰라. 어제 메시지를 쓰며 계속 웃고, 찾는데도 귀가 먹었는지 듣지도 못하더라고."

에무징의 남편도 빠지지 않고 한마디 했다.

"사랑에 빠진 사람에게 귀먹었다는 말은 약과지, 아예 눈까지 먼 것 같다고 해."

모두가 크게 웃었다. 나는 얼굴이 온통 붉어지고 피부가 탈 것처럼 달아올랐다. 태양마저도 나를 대신해 부끄러워하는 듯 구름 뒤로 숨어버렸다. 도중에 온 에르덴의 메시지를 모두 같이 읽고, 답장도 같이 보냈다. 에무징이 오르항에 마중 나와 데려가라고 쓰라고 했고, 다른 친구들도 옆에서 그렇게 보내라고 야단법석이었다. 나는 그만 에무징이 쓰라는 대로 써서 보내버렸다. 그런데 대답이 없었다. 신호가 끊어진 것이다.

그 사이에 바보처럼 왜 그렇게 썼을까 하고 자책하다가 이내 그렇게 쓸 수도 있지 하면서 자신을 위로했다. 그러던 중 신호가 잡혔고 에르덴으로부터 메시지가 왔다.

- 너만 바란다면, 네가 어디에 있든 그곳으로 갈게.

그동안 쓸데없이 많은 생각을 했다는 생각에 웃음이 나왔다. 곧

오르항에 도착했고, 우리는 밥을 먹으러 들어갔다. 우리는 각자의 음식과 음료를 사서 창가 쪽 테이블에 앉았다. 그리고 모두가 포크를 위로 올리고 "점심!"이라고 외치며 사진을 찍었다. 에무징이 잽싸게 페이스북에 올렸다. 점심을 먹기 시작한 것은 거의 정오쯤이었다. 식사를 마치고 옆에 있는 커피숍에서 아이스커피를 사 들고 차로 걸어갔다. 앞서가던 졸라가 돌아서 나를 향해 다가와 물었다.

"저 사람이 너의 남자 친구니?"

"어?"

나는 너무 놀라 아무 말도 할 수 없었다. 자세히 보니 에르덴이 차 옆에 서 있었다. 나는 에르덴의 메시지가 그냥 하는 소리라고 생각하고 잊고 있었던 것이다. 그런데 그가 진짜로 데리러 온 것이다. 에르덴과 눈이 마주쳤는데, 나에게 오라고 하는 것 같았다. 그를 향해 걸어갔다. 걸어가는 동안 휴대 전화 화면으로 얼굴과 머리카락을 살펴보고 립스틱을 살짝 발랐다.

"정말로 온 거야?"

그는 대답하지 않고 나를 꼭 껴안고 키스했다.

나는 그의 품에 더 깊이 파고들었다.

"고마워."

에르덴은 내 눈을 바라보며 말했다.

"짐을 가져와, 울란바토르로 둘이 같이 가자."

**127**

"좋아."

나는 생각해 보지도 않고 곧바로 대답하고는 친구들에게 가서 말했다.

"나보고 둘이 같이 가자고 해, 여기서부터 따로 가야 될 것 같아."

"이렇게 멀리 마중 왔는데 보내야지."

토야가 흔쾌히 말해 주었고, 졸라는 농담조로 거들었다.

"뒷좌석이 넓어지고 잘 됐다."

에무징은 눈을 흘기며 말했다.

"친구들을 중간에서 버릴 셈이야?"

나는 몸을 움츠리며 말했다.

"그럼, 에르덴에게 같이 못 간다고 말할게."

에무징이 표정을 풀면서 말했다.

"농담이야. 네 캐리어는 집에 가져다줄게. 지금 짐을 꺼내려면 복잡하잖아."

졸라가 뒤에 있던 내 배낭을 건네주었다. 그들이 손을 흔들며 먼저 떠났다. 나도 뒤에서 손을 흔들고 에르덴의 차에 탔다.

에르덴이 내 손을 잡고 말했다.

"피곤하겠네. 정말 멀지?"

"괜찮아, 네가 정말로 올 줄 몰랐어, 한참 왔지? 고마워!"

"네가 있는 곳이면 어디든 간다니까."

"내가 한국에 가도?"

"응, 따라갈게. 이제부터 네가 모르는 곳으로 갈 거야."

"어디로 가려고?"

에르덴은 대답하지 않고 히쭉히쭉 웃기만 했다.

"말해줘."

그의 어깨를 가볍게 때렸다.

"피곤하면 자, 깨어나면 도착해 있을 거야."

하지만 나는 그와 함께 있을 때는 피곤해도 자는 시간이 아까워 잘 수가 없다. 이런 생각을 하고 있는데 차가 신호등 앞에 멈춰 섰다. 에르덴은 나를 끌어당겨 입술에 키스하고는 말했다.

"정말 보고 싶었어."

나도 같은 말을 하려는데 신호등이 바뀌며 차가 출발했다. 차가 흔들림리는 바람에 "나… 나도…"라고 중얼거리는데, 에르덴이 물었다.

"방금 뭐라고 했어?"

"나도 보고 싶었어."

나는 혀 짧은 소리로 말했다. 에르덴은 사랑스럽게 나를 보더니 말했다.

"정말 귀엽네. 다시 말해봐."

내가 다시 말하자 내 손을 꼭 잡고 자기 쪽으로 끌어당겨 손에 뽀뽀했다. 지금 나는 혀 짧은 소리를 내는 귀여운 소녀가 되었다. 우리는 재미있는 이야기를 나누고, 농담도 하며 즐겁게 갔다. 어느새 목적지에 도착했다. 가까운 듯 먼 길이었다.

에르덴이 앞에 보이는 산을 가리키며 말했다.

"우리 둘이 테를지가 내려다보이는 산으로 가자."

에르덴이 가리키는 방향을 보니 매우 높아 보이고 걸어 올라가기에는 아주 멀어 보였다. 실제로 많이 피곤했기에 엄두가 나지 않았다. 에르덴은 피곤하면 쉬어도 된다고 말했지만, 내가 올라가자고 하지 않는 것이 섭섭한 모양이다.

조금 전까지 웃던 내가 갑자기 놀라는 것을 눈치챘는지, 에르덴이 물었다.

"왜, 산에 가는 거 안 좋아해?"

"아니, 좋아해. 한국에 있을 때 산에 자주 갔어. 그런데 정말로 저 산에 오를 거야?"

"응."

"저기에 올라갔다 내려오기엔 너무 늦지 않았어?"

"정말 그런지 올라가 보자."

에르덴은 그렇게 말한 뒤, 차를 몰고 흙길을 따라 산을 향해 달렸다. 나는 깜짝 놀라서 물었다.

"차를 타고 산에 오르는 거야?"

"물론이지. 저기를 걸어서 갈 거라고 생각한 거야?"

"내가 어떻게 알아? 산은 걸어서 올라가는 것으로 알고 있는데…."

에르덴은 기어를 저단에 놓고 달리기 시작했다. 내 인생에서 느껴본 가장 스릴 있는 경험 중 하나였다. 에르덴은 운전을 잘했는데, 나는 비명과 탄성을 번갈아 질러댔다. 우리 둘은 이윽고 차에서 내려 가장 높은 곳에 있는 바위 벼랑 위에 올랐다. 해가 저물며 주황색 빛을 뿌리고, 하늘을 향해 높이 쌓아 올린 것 같은 암석들, 무성한 낙엽송은 햇빛을 받아 더욱 짙은 녹색으로 물들었다. 조용하고, 가끔 부는 산들바람 속에 흥분한 내 심장의 박동 소리가 더 크게 들리는 것 같다. 나도 모르게 탄성을 지르는 나를 본 에르덴은 이 경관을 나에게 보여준 것이 자랑스럽다는 듯 미소를 지으며 서 있다. 나는 곧바로 그의 목을 껴안고 말했다.

"고마워, 정말 환상적이야."

나는 고마움의 표시로 입술에 키스했다. 이 세상이 통째로 우리 둘만의 무대고, 태양은 조명이며, 산은 관객, 숲은 촬영 기사인 것 같았다. 우리는 행복한 결말로 끝나는 동화 속 커플처럼 키스하며 서 있다.

"좋은 아침!" 하는 목소리와 볼에 뽀뽀하는 느낌에 눈을 떴다. 잠에서 바로 깨어날 수 없었지만, 내 곁에 앉아 있는 것을 느낄 수 있었다. 커피를 끓이는 냄새, 장작 타는 소리가 오감을 자극한다. 에르덴은 나를 깨우려고 나의 머리카락을 귀 뒤로 넘기고 얼굴을 부드럽게 쓰다듬으며 말했다.

"자는 모습까지 이렇게 귀여워도 돼? 커피가 준비됐어, 일어나, 미셸."

나는 눈을 조금 뜨고 나를 바라보는 에르덴의 눈을 바라보다가 에르덴의 목을 끌어안았다. 에르덴은 내 엉덩이 밑으로 손을 넣은 후 그 상태로 나를 들어 테이블에 앉히고 커피를 잔에 따라서 주었다.

"고마워."

커피를 받아 들고 바라보니, 탁 트인 창문이 있는 통나무집이 마치 동화에 나오는 집 같았다. 늘 내가 꿈꾸던 집이다. 어제저녁에는 창문이 이렇게 큰지 몰랐다. 지금 이 순간에 멈추고 싶다. 우리 둘만의 작은 통나무집, 난로, 나무 테이블과 의자, 크고 폭신한 침대, 은은한 음악이 흘러나오는 레코드 플레이어, 드리워진 조명, 하트 모양의 거울, 정말 멋지게 꾸민 곳이다. 에르덴이 물었다.

"마음에 들어?"

"응, 완전."

마침 전화벨이 울렸다. 테이블에서 내려와 침대에 있던 휴대 전화를 받았다. 며칠 전 몽골에서 영화를 찍으려 한다면서 나에게 이력서를 보내라고 했던 곳의 담당자다. 함께 일해 보자고 한다. 나는 너무 기뻐 곧바로 승낙했다. 내일 한국에서 감독님과 PD님이 몽골에 오는데, 몽골 측 스태프와 함께 그들을 마중하러 나가기로 했다. 시간을 약속하고 전화를 끊었다.

자초지종을 들은 에르덴이 흥분한 목소리로 말했다.

"정말 대단해."

그 전화는 내가 영화 감독을 꿈꾸었던 소녀였음을 일깨워 주었다. 그리고 함께 기뻐해줄 사람이 내 곁에 있다는 것이 정말 소중하게 느껴졌다.


에르덴이 나를 껴안고 키스할 때, 문을 두드리는 소리가 들렸다.

"아침 식사하세요!"

에르덴이 가서 아침 식사가 담긴 쟁반을 받아 테이블 위에 올려 놓으며 말했다.

"이거 먹고 바로 출발할까? 나 오늘 일이 있어서."

"그래."

내가 테이블에 앉자, 에르덴은 계란프라이와 소시지, 빵을 내가까이 놓으며 말했다.

"맛있게 드세요."

"님도 맛있게 드세요."

내 인생에서 가장 맛있는 아침 식사였다. 사랑이라는 조미료 덕일 수도….

식사를 끝내고 우리는 울란바토르로 출발했다. 가는 길에 우리는 동영상의 노래를 따라 부르고, 춤을 추며, 커플들이 하는 행동을 그대로 따라했다. 차는 한참을 달려 우리 집 문 앞에 도착했다. 더함께 있고 싶지만, 일이 있으니 어쩔 수 없다. 만일 같이 산다면 매일매일 함께할 수 있을 텐데….

에르덴은 나를 차에서 내려주며, 내 입술에 가볍게 키스하고 말했다.

"미셸, 내일 성공하길 바랄게, 파이팅!"

"알았어."

손을 흔들고 담장 안으로 들어갔다. 집에 들어서는데, 가볍게 가속 페달을 밟는 소리가 들렸고 차 소리가 점점 멀어졌다.

집에 들어가자마자 엄마에게 인사도 않고, 호들갑을 떨며 "엄마!"라고 소리쳤더니, 엄마가 놀란 눈으로 쳐다봤다.

"엄마, 나 영화 오디션에 합격했어!"

엄마가 무언가 말을 하려는 순간에 끊고 말을 이었다.

"내일부터 바로 일해!"

원하던 선물을 받아 신이 난 어린아이 같은 모습에 엄마가 그제서야 안아주며 말했다.

"내 딸 참 대단해!"


그날 밤 내내 엄마에게 영화에 대해 이야기, 앞으로 뭘 할지에 대한 이야기, 친구들과의 여행에 대한 이야기를 늘어놓았다.

엄마는 지루하지도 않은지 아무 말도 없이 그저 내 이야기를 미소 띤 얼굴로 들어주었다. 나의 이야기가 모두 끝났을 때, 엄마는 나를 안아주며 말했다.

"네가 대학 다닐 때 이렇게 꿈에 대해 이야기할 때 가장 행복했는데⋯. 오랫동안 그런 모습을 보지 못했는데, 이제 다시 보니 정말 좋다."

# 5

오피스 안은 매우 조용하고, 종이 넘기는 소리만 들린다. 가끔 냉커피를 홀짝이는 소리가 들린다. 문이 열리며 몽골 측 PD라고 하는 여성이 들어왔고 아리 카메라를 든 청년이 따라 들어왔다. 이 제야 방에 활기가 돈다. 모두가 일어서서 맞이했고, 한국의 박 감독과 이 PD, 몽골의 침게 PD가 악수하고 포옹하며 인사를 나눴다. 그리고 나에게 다가와 자신을 소개하고는 이야기했다.

"한국에서 영화를 전공한 미셸 맞죠? 이력서가 마음에 들어요. 한국에서 방송쪽 일을 했다면서요. 앞으로 열심히 해보자고요."

내 옆에 앉아 있던 바드마가 침게 PD에게 물었다.

"침게 언니, 자료를 나눠줄까요?"

바드마는 한국어 통역으로 아침에 나와 함께 공항에 마중 가며 많이 가까워졌다. 통역을 하다 보면 가끔 지칠 때가 있다며 나에게 도와달라고 별도로 당부했는데, 아주 총명하고 영리한 소녀였다. 바드마가 영화의 제작 계획서와 내일 오디션에 참가할 배우들의 프로필을 나눠주었다.

우리는 한 명씩 자기소개를 하고는 영화를 어떻게 만들고, 촬영은 어디서 하며, 함께 작업할 사람 수에 관해 얘기하고 각자 할 일을 분담했다. 아침에 공항에서 감독님을 마중하고 이야기를 나눴기 때문에 감독님은 나에 대해 대략 알고 있었다. 그는 나에게 조감독으로서 다른 일은 신경 쓰지 말고 자기 옆에 있으면서 시나리오를 잘 숙지하라는 임무를 주었다.

장편영화의 첫 조감독 일이라 책임감을 느꼈다. 주어진 기회를 절대 놓치지 않겠다는 각오를 되새겼다.

감독이 준 한국어로 된 영화 시나리오를 보니 〈무지개〉이라는 제목의 영화였고 각본 및 감독은 박 감독 이름으로 되어 있다. 박 감독님은 나에게 몽골어로 번역된 시나리오를 읽어보라고 한 후 촬영기사에게 갔다. 두 사람은 촬영에 관한 기술적 문제를 토의했는데, 몽골에서 조명, 스프링클러, 크레인 등을 임대할 수 있는지 묻고, 몽골에서 구할 수 없는 렌즈와 여분의 카메라를 한국에서 가져오는 문제에 관해 이야기를 나눴다.

이 PD와 침게 PD가 한국에서 몇 사람이 더 오는데, 그들을 어디에 배치할 것인지에 대해 논의하는 것을 바드마가 통역하고 있었다.

박 감독은 몽골이 벌써 세 번째란다. 몽골 사람들의 인간적 면모와 성품, 말을 존중하는 시골의 유목민 가족, 아이들이 일을 민첩하게 하고, 돌로 게르를 만들고 노는 그 지혜를 보고 이 시나리오를 생각했고, '무지개'(한국말과 몽골어의 무지개는 발음이 거의 같다)라는 이름은 몽골 사람들이 한국을 무지개의 나라라는 아름다운 이름으로 부르고 있는 데서 가져온 것이라고 나에게 말했다. 나도 한국이라는 나라에 자주 갔었고 오래 살았으면서도 그 이름의 의미에 대해 생각해 보지 못했었는데, 그 말을 듣고 정말 깊은 생각에 빠졌다. 감독님이 계속해서 말했다.

"미셸, 많이 도와주세요. 이번 영화가 꼭 성공하기를 바라고 있어요."

"네, 감독님도 저에게 많이 가르쳐 주세요. 내 첫 번째 영화예요."

저쪽에서 침게 PD가 저녁 식사를 하자고 부른다. 책임감과 동시에 뿌듯함이 밀려온다. 조감독이지만 이제 나도 진짜 영화인이 되었다고 자랑하고 싶었다.

***

에르덴과 나는 사흘 동안 만나지 못했다. 에르덴은 보고 싶고, 만나고 싶다고 계속 메시지를 보냈다. 나도 시간이 생길 때마다 전화를 걸거나, 보고 싶다는 메시지를 보냈다. 작업이 본격적으로 진행되자 정말로 시간을 낼 수가 없었다. 그 사이 배우들을 캐스팅하고, 시나리오를 한국어와 몽골어로 완독하고, 일일 계획을 작성하고, 감독님과 스토리보드에 대해 상의하고…. 게다가 한국 제작팀 전체가 입국했기 때문에 정말 할 일이 셀 수 없이 많았다. 60여 명으로 구성된 제작팀은 촬영 장소인 테를지로 이동했고, 5개의 게르를 지은 후 분주히 각자의 일을 하고 있다. 당장 내일 진행할 오픈 행사도 준비해야 한다.

오픈 행사에 참석하기 위해 제작팀 남자들은 양복을, 여자들은 드레스를 차려입었다. 물론 나도 붉은색 긴 드레스와 오랫동안 신지 않았던 하이힐을 신고, 고데기로 머리를 곧게 펴고, 빨간색 립스틱을 발랐다. 바드마는 나를 보자마자 탄성을 질렀고, 감독님도 한마디 거들었다.

"미셸, 오늘 정말 예쁘네요. 아직 캐스팅이 안 된 여자 역할을 해도 되겠어요."

"감독님, 저는 연기하고 싶지 않아요."

나는 손사레를 치면서 말했다.

"아니, 왜 안 되는데요? 연기 전공이잖아요."

감독님은 나에게 그 역할을 맡으라고 극구 권했다. 몽골에 돌아와서는 운동화에 티셔츠, 체육복 바지를 입고, 머리는 묶고 다녔었는데, 이렇게 예뻐진 나의 모습을 에르덴에게 보여주고 싶다는 생각이 슬며시 들었다.

에르덴에게 전화하니 내일 시골 여행 준비하느라 밖에서 일을 보고 있다고 했다. 저녁에 오픈 행사가 있으니 오라고 하며 행사 장소를 알려주고 전화를 끊으려는데, 에르덴은 올 마음이 없는지 나에게 잘하라고 이야기하며 내 사진을 찍어 보내달라고 했다. 나는 왠지 내키지 않아 저녁에 와서 보라고 하며 끊었다.

울란바토르에서 초대받은 사람들이 몰려 들었다. 내가 본 가장 큰 야외 파티가 열렸다. 나는 계속 휴대 전화를 보고 있다. 에르덴이 언제 올지 생각하며 하루 종일 설렜다.

오후 5시가 되었고, 야외 무대에서 몽골 전통 악기 마두금 연주가 시작되었다. 다음으로 이곳 책임자인 침게 언니가 오프닝 멘트를 했고, 이어서 영화 제작진이 무대로 올라갔는데, 그 가운데 나도 있었다. 이렇게 오픈 행사 무대에 자랑스럽게 서는 꿈을 꾸었던 미셸이 지금 무대에 미소를 짓고 서 있다. 감독님이 마이크를 잡고 소감을 이야기한 후, 축하 행사가 이어졌다. 참석자들은 고급스러운 테이블 위에 준비된 맛있는 음식과 디저트, 와인 등을 마음껏 먹고 마셨다. 내가 남자 친구를 기다리는 사이 꽤 늦은 저녁이 되었다. 팝과 록을 연주하는 밴드와 가수들이 공연을 하고, 불꽃놀이가 시작되었다. 주위에는 행복한 모습으로 사진과 동영상을 찍는 커플들이 많았다. 나는 속으로 질투심을 느끼며 서 있었다. 저녁 10시, 에르덴에게 전화하려고 하는데 먼저 전화가 왔다.

"여보세요, 미셸? 가려고 했었는데, 내일 새벽에 출발해야 해서…. 못 갈 것 같아. 다시 열흘 동안 너를 못 본다고 생각하니 너무 아쉬워."

"아침 일찍 출발해야 하면, 빨리 자. 먼 길에 피곤하잖아."

"미셸, 미안해"

에르덴의 목소리가 잠겨들었다.

"괜찮아, 돌아와서 보면 되지. 그러니까 빨리 돌아와."

"나에게 사진을 보내줘."

에르덴에게 오늘 찍은 사진을 보냈다.

에르덴은 젖은 목소리로 말했다.

"나 정말 운이 없는 것 같아. 보지 못해서 정말로 아쉬워."

그리고 잠시 동안의 정적 후에 에르덴은 말했다.

"미셸, 사랑해."

나는 기뻐서 날아갈 것 같았다. 그가 나에게 사랑한다는 이 소중한 말을 처음으로 한 것이다. 용기를 내어 간신히 대답했다.

"나도."

우리 둘은 한동안 침묵했다. 그러다가 에르덴이 말했다.

"미셸, 나에게 노래를 불러줘. 아니면 뭐든 말해줘. 내가 아무소리도 없으면 자는 것이니, 그런 줄 알고 전화를 끊어."

"무엇부터 시작해야 할까? 여기서는 노래를 부를 수 없어."

"괜찮아. 그냥 네 목소리가 듣고 싶어서 그래."

인적이 없는 곳으로 걸어갔다. 근처에 사람이 있는지 살펴보며 에르덴에게 애교스럽고 다정한 목소리로 말했다.

"나 너를 처음 봤을 때부터 네 눈이 아주 마음에 들었어."

에르덴이 웃었다. 나는 말을 이어갔다.

"사실 러시아에 있을 때 너를 정말 좋아했어. 지금 생각해 보면 나는 정말 운이 좋은 사람이었어."

이것을 시작으로 왜 에르덴에게 반했는지, 그리고 이후 우리 둘만의 추억에 대해 이야기를 이어갔다. 어느 순간부터 에르덴은 잠이 들었는지 아무 말이 없었다. 말을 멈춘 채 잠시 전화를 들고 있었다. 그의 숨 쉬는 소리가 들린다. 밤새도록, 아침에 일어날 때까지 계속 듣고 싶었지만, 배터리가 거의 다 방전되었다. 마지못해 전화를 끊고 메시지를 보냈다.

- 정말 사랑해, 꿈에서 만나. 보고 싶어

***

우리가 테를지에서 일을 시작한 지 3일이 지났다. 하루에 약 7~8개의 장면을 찍는다. 나는 감독님 옆에 계속 붙어있다. 하루에도 몇 번씩 의견 차이가 발생한다. 결국 열을 내다가도 곧 화해를 하고, 다음날 찍을 장면에 대해 논의를 시작했다. 사실 가장 노력하는 사람은 감독님이다. 독창적이면서도 소중한 감각을 지니고 있었고, 모든 콘티를 직접 스케치했다. 영화인으로서 배울 점이 정말 많은 사람이다.

에르덴은 전화가 되는 곳에 도착하면 통화하고, 메시지를 보낸다. 나는 일과처럼 아침, 점심, 저녁, 안부 인사를 하고 메시지를 보낸다. 에르덴이 페이스북에 사진을 올리면 틈틈이 '좋아요'를 누른다.

촬영이 끝나고 저녁 시간, 에르덴에게 전화가 왔다.

"여보세요? 잘 가고 있어?"

"물론 잘 가고 있어, 지금 산에 올라와서 전화하는 거야. 자기야, 할 말이 있어."

에르덴은 나를 자기라고 불렀다. 나는 그 말이 마음에 들었고,

우리 사이가 더 가까워진 느낌이 들었다. 그래서 나도 자기라고 불러 주었다.

"그래, 자기야, 할 말이 뭔데?"

"내 사진에 '좋아요'를 안 누르면 안 될까?"

"왜?"

"그런 게 있어."

그렇게 대답하고 에르덴은 말이 없다. 나도 한동안 말없이 있다가 조바심이 생겨 물었다.

"너 다른 여자가 있어? 아니면 아내가 있는 거야?"

정신이 없는 와중에 가장 먼저 떠오른 생각을 말한 것이다.

"자기야, 아니야, 그만하자. 이 문제는 만나서 얘기해."

"뭘 만나서 얘기해, 지금 말해! 그게 아니면 뭔데?"

"신호가 잘 안 잡혀. 나 산에서 내려가야 해. 자기야, 나를 믿어."

에르덴은 얼버무리며 황급하게 전화를 끊었다. 나는 잠시 멍하니 서 있었다. 그런 다음 정신이 퍼뜩 들어서 메시지를 보냈다.

- 나에게 사실을 말해줘. 너 이미 다른 여자나 아내가 있는 거지? 내 생각은 그래. 그렇지 않다면 왜...

이렇게 보내고 나니 더 쓸 말이 없었다. 그의 페이스북에 들어가 게재된 사진을 모두 살펴보았다. 가족이라고 볼만한 어떤 사진이나 게시물도 없었다. 이때 바드마가 나를 뒤에서 놀라게 했다.

"이봐, 미셸, 찾는 소리가 안 들려? 왜, 남자 친구와 통화하고 정신이 없는 거야? 아니면 귀가 먹은 거야?"

잘됐다. 누군가에게 말하지 않으면 나를 통제하기 어려울 것 같았다.

"바드마, 만약 네 남자 친구가 자기의 페이스북 사진에 '좋아요'를 누르지 말라고 한다면, 왜 그럴 거라고 생각해?"

"뭔 소리야, 네 남자 친구가 그렇게 말한 건 아니지?"

"맞아. 방금."

묘한 표정과 구원의 눈빛으로 바드마를 바라보며 말하자, 방금 전까지도 농담처럼 이야기하던 바드마의 표정이 달라졌다.

"나라면 곧바로 아내가 있다고 생각하겠지. 그렇지만 아직은 결론을 지을 필요는 없어. 만나서 물어보며 되잖아?"

바드마는 이렇게 이야기하더니 나의 얼굴을 살폈다.

"미셸, 안색이 안 좋아. 이제 돌아가자."

바드마는 나의 팔짱을 끼고 식당으로 걸어갔다. 왠지 정말로 찜찜한 기분이다. 에르덴의 말이 계속해서 내 귓가를 맴돌았다.

조금 시간이 지나자 기분이 조금 차분해졌다. 일단 에르덴을 만나면 다시 이야기하기로 마음을 정했다. 영화에 온 정신을 집중하고, 일이 없을 때면 스스로 일을 찾아 정신없이 지내려고 노력했다.

***

그날로부터 일주일이 지났다. 우리 영화 제작진은 3일간 촬영을 위해 울란바토르에 왔다. 저녁 장면 촬영을 위해 저녁이 될 때까지 기다려야 했기에, 우리는 모두 사우나에 가서 피로를 풀었다. 오늘은 에르덴이 울란바토르에 돌아오는 날이다. 그 사이에 몇 번 전화했지만 연결이 되지 않는다는 기계음으로 바로 전환되었다.

저녁이 되어 광장 옆에서 촬영하고 있는데 에르덴에게서 전화가 왔다. 촬영 중이라 전화를 받을 수 없었기에, 마음 속으로 촬영이 빨리 끝나기만을 바랐다. 촬영이 끝나고 감독님이 "오케이!"를 외치는 동시에 전화벨이 울렸다.

"미셸! 전화를 왜 안 받아?"

에르덴이 짜증 난 목소리로 물었다. 촬영 중이라서 못 받았고, 방금 촬영이 끝났으니 이곳으로 오라고 이야기했다. 우리는 장비를 정리해서 사무실로 옮겼고, 내일 다시 모이기로 하고 헤어졌다.

바드마가 나를 불렀다.

"미셸, 같이 가자."

"에르덴이 올거야."

바드마는 고개를 끄덕이며 말했다.

"그럼 내일 봐. 정확하게 물어 봐."

바드마는 택시를 잡으려고 도로쪽으로 나가며 나에게 손을 흔들었다.

나는 길옆에서 에르덴을 기다렸다. 그날의 대화 이후 우리는 그 문제는 일절 꺼내지 않았다. 평소처럼 얘기하고, 문자를 보내며 오늘에 이르렀다. 나는 그동안 마음의 준비를 해왔고, 지금 이 순간 수천 가지 질문을 준비한 채 무거운 마음 마음으로 서 있다. 차가 내 옆에 와서 섰고, 내가 차에 타자 에르덴은 내 입술에 키스한 후 말했다.

"보고 싶었어."

에르덴은 바로 차의 시동을 걸고 출발했다.

어딘가로 가는 동안 우리는 여행과 영화 이야기만 했다. 곧 공항 주변에 이르렀고 에르덴은 커피를 한 잔 하자며 보잉트 오하의 1층에 있는 탐앤탐스로 들어갔다.

쓰디쓴 커피를 한 모금 마신 후 무겁게 말을 꺼냈다.

"우리 할 얘기 있잖아?"

"나중에 얘기하면 안 될까? 네가 너무 보고 싶었어."

에르덴은 나를 또 불안하게 만든다. 한 시간이 넘도록 아무 말도 하지 않은 채, 서로 껴안고 손을 잡은 채 앉아 있었다. 결국 아무 말도 듣지 못했다.

커피숍을 나와 우리 집 앞에 이르렀다. 에르덴은 아무 일도 없는 듯 말했다.

"자기야, 잘 자."

"대답이 듣고 싶어."

"내일 또 시골에 가. 돌아와서 얘기하면 안 돼?"

또 다시 일주일을 기다리기에는 내가 너무 힘들다. 나는 더 이상 버틸 수 없음을 직감했다.

"내가 생각하고 있는 게 맞는 거지?"

"무슨 생각을 하고 있는데?"

"아내가 있는 거지?"

에르덴은 고개를 끄덕이며 눈길을 떨구었다. 제발 그것만 아니기를 바라던 내 희망이 물거품이 되었다. 나는 눈물이 그렁그렁한 채 떨리는 입술로 물었다.

"아이도 있어?"

에르덴은 대답 없이 나를 안으려고 했다. 나는 그것을 뿌리치며 절망적인 목소리로 말했다.

"그냥 사실대로 말해."

"두 명."

참고 있던 눈물이 볼을 타고 흘러내렸다. 마음이라는 장기가 어디에 있는지는 몰라도 어떻게 아픈지는 모두가 안다. 한동안 어찌할 바를 몰랐다. 진정하려고 해도 잘 되지 않는다.

그때 에르덴이 나를 끌어당겨 안아주었다. 나는 그제서야 정신을 차리고 에르덴의 귀에 대고 말했다.

"네가 어떻게 나를 속일 수 있어?"

그게 신호라도 되는 듯 참고 참았던 울음이 터져나왔다. 나를 안고 있던 에르덴을 밀어내며 울부짖었다.

"가족이 셋이나 있는데 어떻게 숨길 수 있어?"

"난 너를 정말 많이…. 내가 말했잖아. 네가 자석처럼 나를 끌어당겼다고. 그리고 말할 용기가 없었어."

에르덴은 뭔가 나를 위로할 방법을 찾으려 애썼다.

"아직 정식으로 결혼하지는 않았어."

에르덴은 나를 바보로 아는 걸까?

"정식으로 결혼하지 않았다고! 두 아이의 아버지, 한 여자의 남자가…. 그 혼인신고서가 도대체 누구에게 필요한 건데? 함께 살고 있으면 가족 아니야?"

"아니, 그래. 미셸, 난… 당황해서 무슨 말을 해야 할지 모르겠어…. 너를 잃을까 두려웠어. 그리고 너에게 말하면 나를 떠날까 봐 두려웠어."

머뭇거리는 에르덴의 말을 끊으며 물었다.

"언제까지 숨길 생각이었어? 어쨌든 알고 싶었던 것을 잘 들었어. 마음의 준비를 어느 정도 하고 있었지만, 정말 상상 이상이다. 도대체….”

에르덴은 내 말을 자르며 말했다.

“너한테 숨긴 건 내 잘못이야. 미안해. 나도 이렇게 너에게 반하고 사랑하게 될 것이라고는 생각하지 못했어. 그리고 너를 잃는 것이 이렇게 두려울 것이라고도 생각 못 했어. 이런 일은 나도 처음이야. 나도 힘들어. 정말로 너를 잃을까 두려워. 나에겐 너를 내 옆에 둘 권리가 없다는 걸 잘 알아.”

그러고는 차창을 멍하니 쳐다보았다. 나에게는 선택의 여지가 없었고 미래도 없다. 이 남자와 함께 있는 것은 이번이 마지막이다. 나는 목이 메어 말했다.

“난 이해가 안 돼. 가족이 있으면서 어떻게 다른 사람을 사랑할 수 있는지 정말로 이해가 안 돼. 이게 아마도 내가 너에게 하는 마지막 말일 거야. 난 누군가의 정부가 되어, 한 가족을 파탄 내고 아이의 눈에서 눈물이 흐르는 걸 보고 싶지 않아. 그 고통을 직접 겪어봤기에, 아버지 없는 아이의 결핍과 설움을 누구보다 잘 알아. 지금도 아버지를 데려간 그 여자를 증오하고 있어. 그러니까 나 같은 여자를 만난 걸 다행으로 여겨. 다른 마녀 같은 여자를 만났다면 모든 것이 끝났을 거야. 너를 잊으려면 시간이 필요할 거야. 그래도 난 할 수 있어.”

**150**

에르덴은 놀란 눈으로 나를 불렀다.

"미셸!"

"지금은 나에게 무슨 말을 해도 소용없어. 모든 것이 명확하잖아. 안녕!"

차 문을 열려고 하는데 에르덴이 문을 잠궜다.

"열어!"

"나에게 말할 기회를 줘!"

"어떤 기회? 이제 다 끝났어."

문을 열고 내리려고 하는데, 내 손을 잡으며 말했다.

"미셸, 전화 꼭 받아. 나에게 생각할 시간을 줘."

"아직도 이해가 안 돼?"

차에서 내려서는 뒤돌아서 최대한 빨리 달렸다. 에르덴은 내 뒤에서 차창을 열고 소리쳤다.

"나 너의 집을 알고 있어. 전화 받아."

마당에서 눈물을 닦고 한동안 서 있는데, 전화벨이 울렸다. 에르덴이다. 전화를 받지 않았다. 조금 후에 차 시동을 걸고 출발하는 소리가 들렸다. 나는 울타리 사이로 차가 사라질 때까지 지켜보며 서 있었다.

네 살 때, 새벽에 나가 다시는 돌아오지 않을 아버지를 향해 손을 흔들며 "아빠, 빨리 돌아와."라고 말했던 그날이 생각났다. 아버지는 우리가 어렸을 때, 다른 여자를 따라가 버렸다. 나는 어려서 무슨 일인지 잘 몰랐다. 좀 크고 나서야 아버지 없는 설움을 알게 되었다. 학교에서 다른 아버지들이 학부모 회의에 참석하고, 수업이 끝나고 아버지들이 데리러 오는 것을 보며 질투했었다. 학교를 졸업하고 대학에 들어간 후에도 일부 친척들은 아버지 없이 산다고 업신여기며 내 앞에서 아버지를 비난했다. 엄마는 아버지와 이혼한 이후로 늘 아파하셨다. 엄마는 인생이라는 전투에서 오늘에 이르기까지 우리를 위해 홀로 싸워온 여전사이다. 엄마가 아플 때, 그리고 남들에게 손가락질받고 놀림당할 때마다 가슴이 미어지는 듯 아팠다. 나중에 아버지가 집을 떠난 이유를 누군가에게 듣고 난 후 아버지를 더욱 미워하게 되었다. 할아버지, 할머니 집에서 가끔 아버지를 만나면 아버지라고 부르지 않고, 이름으로 부르는 그런 무정한 딸이 되었다.

나중에 한국에 가서 인생을 조금이나마 알게 되었고, 그제서야 아버지라고 부르며 서로 통화하는 사이가 되었으나, 다시 만나보지 못하고 아버지는 하늘나라로 가셨다. 돌아가셨으니 화해할 수도 없는 노릇이다. 조금 전 그 상처가 다시 도진 것 같다. 내가 너무나 사랑했던 사람이 이제는 내 옆에 없다. 너무 괴로워서 어떻게 집어 들어갔는지 기억이 나지 않는다. 대학교에서 아버지가 돌아가셨다는 소식을 듣고 지하철을 타고 집으로 돌아왔는데 어떻게 집에 왔는지 기억이 나지 않는 그때와 똑같다.

엄마와 오빠는 놀라서 나를 바라본다. 나는 여기저기 서랍을 열고, 무언가를 찾기 시작했다. 엄마가 놀라서 물었다.

"뭘 찾고 있니?"

"있어."

퉁명스럽게 대답한 후 의미 없는 행동을 계속했다. 엄마와 오빠는 눈빛을 교환했지만 어떤 결론도 내리지 못한 듯 다시 물었다.

"괜찮아? 무슨 일인데?"

"속았어."

"뭐, 누구에게? 사기라도 당한 거야?"

사업이나 금전적인 문제라고 생각한 듯하다. 나는 시큰둥하게 대답했다.

"아내와 자식이 있는 사람에게."

오빠가 별일 아니라는 듯 비웃으며 말했다.

"너 앞으로 사람을 사귈 때 '자식이 몇 명이에요?' 하고 꼭 물어 봐."

"좀 일찍 가르쳐주지 그랬어?"

"남편에게 간다고 당당하게 나간 거 아니었어?"

오빠에게 남편에게 간다고 장난쳤던 일이 떠올랐다. 갑자기 웃음이 터져 나왔다. 오빠에게 앞으로는 꼭 그렇게 물어보겠다고 했다. 엄마는 우리 둘의 대화를 잘 이해하지 못하는 것 같았지만, 더 물어보지는 않았다.

세수와 양치를 하고, 자려고 누웠는데, 엄마가 걱정스러운 눈빛으로 다가왔다.

"괜찮아?"

"별거 아니야, 내일 일찍 촬영이 있어. 이제 잘래."

돌아누우며 이불을 머리 위로 덮었다. 엄마는 옆에서 한동안 바라보며 서 있다가 당신의 침대로 갔다. 눈을 감고 있었지만 잠이 오지 않았다. 수많은 질문이 머리 속을 맴돌았다. 휴대 전화를 켜니, 전화가 온다. 걸려오는 전화를 끊고 번호를 차단했다. 이미 와있는 메시지도 한 번 읽은 후 답장도 하지 않고 차단했다. 그날 밤은 내 인생에서 가장 긴 밤이었다. 수면제를 먹고 푹 자고 깨어나면 이 모든 것이 없었던 일이었으면 좋겠다. 아니 꿈이었다면 좋겠다. 나도 모르게 슬픔과 원망의 눈물이 뺨을 타고 흘러 내렸다. 이런 밤이 앞으로 얼마나 계속될까?

# 6

많은 날이 흘러갔다. 에르덴을 잊기 위해 늘 애쓰지만, 때때로 차단한 메시지를 다시 본다. 함께 찍은 사진도 본다. 가끔 운다. 세계 명작 소설에 나오는 여인들처럼 아무도 모르는 먼 곳으로 가서 숨어버리거나, 세상을 버리지는 않는다. 왜냐하면 결국 시간이 나를 치료해 줄 것이라고 믿기 때문이다. 가끔 감독님이 내가 평소와 다르다며 괜찮냐고 묻는다. 나는 조금 피곤해서 그렇다고 둘러댄다. 이제 영화 촬영도 막바지를 향하고 있다. 전체 대본의 70%가 몽골에서 촬영해야 하는 분량인데, 이미 80%가 넘게 진행되었다.

오늘 우리는 가장 어려운 장면을 촬영하기 위해 엘승 타사르해로 출발했다. 대형 버스 2대, 기술 차량 2대, 밥차 1대, 배우 차량 6대로 이루어진 대규모 팀이다.

가는 길에 감독님과 오늘 촬영할 장면과 장소에 관해 이야기를 나눴다. 엘승 타사르해에 한 번 가본 적이 있어 감독님이 원하는 내용으로 답을 해줄 수 있었다. 대화 도중 에르덴과 함께 호숫가를 찾았던 일이 생각났다. 감독님이 하는 말을 한 귀로 듣고 한 귀로 흘려보냈다. 감독님이 눈치챘을까?

가는 내내 에르덴과 함께 한 추억이 나를 괴롭혔다. 룸미러를 봐도 에르덴이 나를 보고 있는 것 같은 느낌이 들었다. 이렇게 깊은 생각과 추억에 빠져있는데, 어느새 엘승 타사르해에 도착했다. 공교롭게도 우리가 짐을 푼 곳이 바로 그 호숫가였다. 차에서 내려 에르덴과 함께 갔던 자리에 앉아 사진을 찍었다. 그날의 사진과 오늘의 사진을 인스타에 함께 올리고 '밤, 낮, 종점'이라고 적었다. 에르덴이 사진과 글을 보기를 바라는 마음에서였음을 부인하지는 않겠다.

감독님이 나를 불렀다.

"뭐 하고 있어?"

"사진 찍었어요."

"봐도 될까?"

"여기가 딱 좋네. 주인공의 아들이 여기서 말을 발견하고 울면서 저기 나무가 있는 곳까지 가는 것으로 끝내자."

감독님은 서둘러 카메라를 가져와서는 내게 말했다.

"미셸, 거기에 서 봐."

그곳은 바로 에르덴이 내 사진을 찍어 주었던 곳이다. 운명의 장난같았다. 감독님이 촬영 계획에 대해 쉴 새 없이 얘기함으로써 에르덴 생각에서 나를 구해주었다. 오늘은 짐 정리와 계획 짜는 데 허비하고, 촬영은 내일부터 하기로 했다. 배우들은 게르에서 쉬도록 했다. 의상, 분장팀 게르에서 뭐가 부족한지 점검하고, 촬영기사와도 장비 설치와 설비에 대해 조율을 마쳤다. 이어 기술팀이 조명을 설치하고, 비는 저기에서 내리게 하자는 등 세팅을 이어갔다.

아침이 되어 장대비 소리에 모두가 잠에서 깨어났다. 감독님이 많이 걱정하시는 것 같다.

"미셸, 비가 하루 종일 올 것 같지 않아?"

"일기예보에는 비가 오지 않는다고 했어요. 아마 잠깐일 거예요."

"낮에도 비가 오면, 비 오는 장면을 찍을까? 그러면 더 생동감이 있지 않을까?"

"그러면 촬영 기사님을 부르고, 기술팀에 물어볼까요?"

나는 감독님의 게르에서 나와 촬영팀이 있는 게르로 갔다. 촬영기사도 걱정하며 말했다.

"구름이 짙은게 하루 종일 비가 올 것 같은데."

그래서 감독님 말씀을 전하니, 웃으며 말했다.

**157**

"비가 조금 내리면 촬영하는 데는 문제 없어요. 그런데 대본에 폭우가 내리는 것으로 돼 있는데…."

"감독님은 모험을 좋아하시잖아요. 테를지 동굴에서도 위험했지만, 개의치 않으셨잖아요. 겁이 없어요."

감독님을 놀리는 듯한 내 말에 촬영기사가 웃었다.

낮이 되어 촬영이 시작되었다. 감독님은 말했듯이 굉장히 대담한 사람이다. 시나리오를 쓰면서 인공 비를 쓰지 않겠다고 생각했다며, 이 장면이 가장 좋아하는 장면이라고 했던 것이 생각난다. 감독님이 바라던 대로 되었다. 장대비가 쏟아지고 있다. 호기심에 촬영장을 둘러보고 있던 현지인들이 여기는 비가 매우 드물게 오는데 의외라고 이야기한다.

주인공의 아들 역을 맡은 배우는 매우 용감했다. 쌀쌀한 바람이 불고, 비가 세차게 내려, 옷이 흠뻑 젖었음에도 추위를 아랑곳하지 않고 훌륭한 연기를 보여줬고, 말을 타고 사랑하는 망아지를 찾아 헤매는 장면에서 제작진은 감동의 눈물을 흘렸다.


정말 감동적인 장면이었다. 오랫동안 만나지 못했던 어릴 적 친구같아 보인다. 소년이 아직 자신의 역할에서 빠져나오지 못하고 게르에서 어머니와 함께 잠시 쉬고 있는 동안, 망아지도 사랑스럽게 어미의 젖을 먹고 있다. 이 장면을 찍기 위해 며칠 동안 수많은

준비를 했다. 내게는 현실조차 영화처럼 느껴진다. 순간순간 느끼
는 모든 감정과 상념을 일기장에 적었다.

엘승 타사르해에서의 촬영은 성공적으로 마무리되었고, 우리
는 울란바토르로 돌아왔다.

***

이 PD가 몽골 촬영 마무리와 한국에서의 촬영 준비를 위해 몽
골에 왔다. 감독님은 PD에게 엘승 타사르해에서 촬영한 일을 상기
된 표정으로 이야기하고 있다.

이 PD가 나를 부르더니 원화를 몽골 투그릭으로 바꿔 달라고 부탁했다. 나는 알았다고 하고 돈을 가방에 넣고 나왔다. 여러 날에 걸쳐 쉼 없이 진행된 촬영은 이틀간 멈추게 되었다. 우리가 주문한 스튜디오가 아직 세팅이 덜 끝나 기다리는 동안 잠시 쉬기로 한 것이다.

나는 후헤딩 조 거리에 있는 골롬트은행 지점으로 걸어갔다. 태양이 강한 빛을 뿌리고, 학교가 개학해 다니는 길거리에 사람도 늘었다. 하지만 계절은 이미 가을로 접어들었다. 휴대 전화로 찍은 사진을 보며, 한숨을 쉬며 걷고 있는데, 왠지 에르덴을 만나면 어쩌나 하는 생각이 언뜻 들었다. 그런데 진짜로 앞쪽에서 에르덴의 차가 보였다. 나는 당황해서 에르덴이 나를 볼지도 모른다는 생각에 고개를 돌리고는 빠르게 걸었다.

"미셸!"

에르덴이 나를 본 모양이다. 울렸다. 나는 못 들은 척 계속 걸었다.

"미셸, 미셸!"

에르덴은 나를 부르더니 위험하게도 반대쪽 차선에서 중앙선을 넘어 유턴하더니 길을 가로막고 세웠다. 나는 당황해서 소리를 질렀다.

"뭐 하는 거야? 사고 날 뻔했잖아."

"계속해서 불렀는데 왜 모른 척해?"

"몰랐어."

나는 눈길을 떨구며 대답했다. 그의 눈을 보면 내가 거짓말을 했다는 것을 알아차릴 것 같았다.

"미셸, 전화기 차단을 해제해 줘, 부탁이야. 내가 그저께 너희 집에 갔었는데, 네가 없더라. 나 정말 힘들어."

"그냥 연락하지 말자."

"미셸, 너 이렇게 냉혹한 사람이었어? 곧 전화할게. 길을 계속 막고 있을 수는 없어. 그리고 나 지금 급하게 사람을 데리러 가는 길이야."

에르덴은 차를 몰고 멀어지며 다시금 부탁했다.

"미셸, 꼭 좀 부탁할게."

나는 한동안 멈춰 섰던 자리에 계속 서 있다가 뒤를 돌아보았다. 그의 차는 어느새 사라지고 없었다. 나는 어디로, 왜 가고 있었는지도 잊어버렸다. 휴대 전화를 꺼내 에르덴의 번호 차단을 해제했다. 금세 전화벨이 울렸다. 받을까 말까, 오래동안 고민하다가 받았다.

"여보세요?"

풀죽은 목소리다.

"미셸, 차단을 해제해 줘서 고마워. 그동안 숨을 쉬어도 쉬는 것 같지 않았어. 넌 완전 괜찮아 보이던데."

담담한 척 해도 속으로는 미치도록 보고 싶었다고 말하고 싶었지만…. 결국 나는 아무 말도 할 수 없었다

"여보세요? 미셸, 뭐든 말해 봐."

"그래, 나 완전 괜찮아."

말을 그렇게 했지만 몸을 가누기 힘들고 전화를 받을 수 없을 정도로 떨려 진정할 수가 없었다. 에르덴은 내가 전화를 끊으려 한다고 생각했는지 급하게 말을 이었다.

"그래, 알았어, 잘 먹고, 잘 자고, 너무 무리하지 말고."


"알았어, 너도."

에르덴은 더 이상 말을 잇지 못했고, 나는 전화를 끊었다. 정신을 차려 보니 어느새 은행 안이었다. 직원이 물었다.

"무엇을 도와드릴까요?"

"그…."

순간 나는 머뭇거렸고, 직원은 나를 똑바로 응시했다. 문득 내가 은행에 온 이유가 생각났다.

"원화를 투그릭으로 환전하고 싶어요."

돌아오는 길에 방금 일어난 일에 대해 생각했는데, 에르덴이 무슨 옷을 입고 있었는지도 기억나지 않았다. 어느새 사무실을 지나

쳐 계속해서 걷고 있었다. 깜짝 놀라서 되돌아갔다. PD에게 환전한 돈을 주었는데, PD는 내가 좀 이상하다고 생각했는지 놀란 눈으로 물었다.

"미셸, 괜찮아요?"

"예? 아, 괜찮아요."

"귀신 본 사람 같아요."

PD는 놀리듯 말했고, 감독님도 옆에서 거들었다.

"요새 우리 미셸이 가끔 이렇게 이상해져요."

"너무 피곤해서 그런가 봐요. 몽골 일정은 좀 빡빡한데, 한국에 가면 이렇게 빡빡하지 않을 거예요. 또 가을이니까."

PD는 힘내라는 듯 내 등을 두드리며 말했다.

나는 머리를 끄덕이며 거짓 웃음을 지었다. 이때 바드마가 밖에서 들어와 방이 쩌렁쩌렁 울리도록 한국어로 인사한 후 내 옆에 앉으며 몽골 말로 물었다.

"너 또 그 사람 생각하고 있는 거야?"

그래서 방금 일어난 일을 말해 주었다. 바드마는 고개를 절래절래 흔들며 말했다.

"정말 재미있네. 네 인생이야말로 정말 영화 같다. 그래서 다시 만나기로 한 거야?"

이때 감독과 PD가 동시에 소리쳤다.

"두 사람 한국말로 얘기해요. 지금까지 우리 흉본 거 아냐?"

우리는 동시에 대답했다.

"그런 거 아니에요."

PD는 아까 교환했던 돈을 꺼내어 주며 말했다.

"두 분 아주 열심히 했어요. 이걸로 맛있는 거 사 먹어요. 용돈이에요."

"감사합니다."

우리는 기쁜 표정으로 받았다. 바드마가 내 귀에 대고 속삭였다.

"둘이 조용한 곳에서 한 잔 할까?"

나는 고개를 끄덕였다. 우리는 감독과 PD에게 내일 만나자고 인사하고는 밖으로 나왔다.

우리는 한적한 바에 들어가 마주보고 앉았다. 촬영이 시작되고 나서 지금까지 이렇게 편안히 앉아본 적이 없었던 듯싶다. 둘은 시원한 맥주를 주문해서는 한 모금씩 마셨다. 바드마가 들고 있던 맥주 잔을 내려놓으며 말했다.

"참, 한국에 가는 날 정해진 거 알아?"

"아니, 언젠데?"

"10월 19일이야."

그러자 에르덴 생각이 났다. 출국할 날이 얼마 남지 않았는데 한 번 만나볼까? 됐어, 쓸데없는 짓이야. 속으로 고민하고 있는데,

바드마가 눈앞에서 손을 흔들며 말했다.

"야, 듣고 있니?"

"응? 뭐라고?"

"그런데 난 갈 수 없어."

바드마는 속이 타는 듯 맥주를 벌컥벌컥 들이켰다. 나는 놀라서 되물었다.

"왜?"

"전에 불법체류를 한 적이 있어."

"뭐, 불법체류? 너 대학교에서 공부한 거 아니었어?"

"졸업 후에 비자를 갱신하지 않고, 아무래도 돌아갈 거로 생각하고 한동안 불법체류 했었어. 지금 생각하면 바보 같은 짓이었지."

"정말, 왜 그랬어? 바보같이….."

바드마는 나를 바라보며 고개를 끄덕인다.

"주연배우가 두 명이나 가는데 누가 통역할지…. 너보다 잘하는 통역이 없잖아."

"그 두 사람이면 통역은 네가 해도 문제없을 거야, 걱정하지 말아."

바드마는 웃으며 맥주를 마셨다. 이윽고 대화가 에르덴으로 향했다.

"그래서 그 사람 전화 차단을 해제한 거야? 정말 쓸데없는 짓

이야, 미셸."

"나도 알고 있어, 원래부터 안 만나겠다고 했었고, 안 만날 거야."

우리가 계속 맥주를 마셔댔고, 시간도 흘러 꽤 늦은 저녁이 되었다. 서빙하는 직원이 라스터 오더임을 알렸다. 우리는 내일 일을 생각해 택시를 부르고 나섰다. 집으로 가는 도중 에르덴에게 전화하려고 손이 근질거리는 것을 겨우 참았다.

택시에서 내리려고 하는데 에르덴의 차가 우리 집 문 앞에 서있었다. 나는 흠칫 놀라서 운전기사에게 집을 지나 계속 가달라고 부탁했다. 조금 떨어진 곳에서 내려 뒷골목으로 집에 들어갔다. 울타리 틈으로 내다보니 에르덴의 차는 움직이지 않고 계속 서있다. 나 갈지 말지 고민하고 있는데 전화가 울렸다. 빠르게 전화를 꺼버렸다. 에르덴은 기다리다 지쳤는지 차 시동을 켜고 출발했다. 막상 떠나는 에르덴을 보니 쫓아가고 싶은 마음이 간절하다. 참을성이 한계에 다다른 것 같았다.

\*\*\*

시간은 쏜살같이 흘러 어느덧 10월 초가 되었다. 밖은 쌀쌀해졌고, 관광객들의 발길이 점점 뜸해지고 있다. 영화 촬영은 잘 마무리되었고, PD와 제작진은 먼저 귀국했다. 나는 감독님과 함께 몽골에 남아 주연배우의 두 명의 비자를 기다렸다. 비자는 정상적으로 처리되었고, 우리 네 명은 내일 한국으로 떠나게 되었다.

졸라가 캐나다로 돌아가게 되었지만, 일이 많아 만나지 못했다. 전화로만 인사를 나눴을 뿐이다. 에무징과 토야도 한가하지 않았다. 아이들을 학교와 유치원에 픽업한 후에 출근하거나 일을 하는 일상이 반복되고 있었다. 우리는 간신히 시간을 내어 저녁을 함께 먹었다. 에무징과 토야는 나를 진심으로 걱정해 주었고 꼭 안아주었다.

한국에서 돌아온 이래 몽골에서 환상적인 시간을 보냈다. 새로운 친구들도 많이 생겼는데, 동종업계 사람들을 많이 만났고, 그만큼 경험치도 쌓였다. 그 동안 숨죽이고 있던 예술가의 욕심도 되살아났다. 비록 이루어지지는 않았지만 가치있는 사랑도 해보았다. 그 사랑을 통해 진정한 나를 찾게 되었다. 에르덴을 만나지 못했다면, 설렘, 흥분의 감정을 느껴보지 못했을 것이다.

언제나 내 뒤에서 든든한 버팀목이 되어준 가족과 친구들의 소중함을 깨닫게 되었고, 추억으로 가득한 5개월을 보냈다. 절망감에서 벗어나 당당히 맞설 수 있는 용기를 얻었다. 고국의 토양 위에서 다시금 나를 찾게 되었고, 이제 다시 꿈을 꾸며 한국으로 돌아가게 된 것이다.

몽골에서의 마지막 날, 우리 가족은 편안한 분위기에서 모였다.

엄마, 오빠와 새언니, 그리고 네 명의 아이들, 그중 막내는 8월에 막 태어난 갓난아기다. 동생도 아내와 세 이이를 데리고 왔다. 우리는 이번 여름에 있었던 일들에 관해 얘기하고, 함께 사진을 찍었다. 조카들은 언제 돌아오는지 물었다. 행복한 대가족 안에서 오랜만에 행복감을 느꼈다. 먹지도 않는데 배가 불렀다. 갓 태어난 조카를 마음껏 안아주며, 새언니가 편히 식사할 수 있도록 해주었다. 내가 몽골에 돌아온 후 처음으로 온 가족이 모두 모인 것이다. 가족에 대한 걱정은 이제 놓아버려도 좋을 것 같다. 오직 목표를 달성하기 위해 쉼 없이 달려갈 뿐이다.

저녁에 짐을 정리하는데, 에르덴에게서 전화가 왔다. 한국에 간다고 말하고 싶었지만, 전화를 받지 않았다. 다시 전화벨이 울린다. 받지 않으면 후회할지도 모른다는 생각이 들어 전화를 받았다.

"여보세요, 미셸? 그냥 통화 좀 할 수 있어?"

"으응!"

대답하려는데 목이 메어 소리를 낼 수가 없었다.

"어디야? 내가 갈까?"

"됐어, 안 만나는 게 좋을 것 같아. 그리고 나…."

더 이상 목이 메어 말을 할 수가 없었다.

"미셸, 괜찮아? 무슨 일이야? 여보세요?"

"나 내일 한국으로 가."

참아왔던 울음이 터져 나왔다.

"뭐? 내일? 그런데 이제야 말하는 거야? 내가 전화하지 않았으면, 말하지 않고 그냥 가려고 했어?"

에르덴은 당황하고 서운한 목소리로 말했다.

"너한테 말하면 뭐가 달라지는데?"

"내가 잘못된 행동을 했어. 정말 후회하고 있어. 만나서 얘기해, 지금 내가 갈게."

"지금은 나갈 수 없어. 쉬고 싶어."

"그럼 하나만 부탁하자. 내가 아침에 배웅해줄게."

"아침 6시에 출발해."

"그 시간에 너희 집 앞에 있을게."

내일 새벽에 만난다고 하니 설레기도 했지만, 뭔가 잘못된 일을 하는 것 같아 후회도 되었다. 그의 가족을 배려하지 못한 것에 죄책감도 들었다. 어쨌든, 나는 되돌아가지 않을 것이다. 앞으로 남의 인생에 끼어드는 일은 절대 없을 것이다. 빌궁 때문에 내가 얼마나 괴로웠는데, 나 때문에 누군가가 마음의 상처를 받게 할 수는 없다고 생각하며 자리에 누웠다.

아침 5시, 에르덴에게서 전화가 왔다.

"여보세요? 미셸, 너희 집 밖에 있어."

"왜 이렇게 일찍 왔어?"

나는 놀라서 물었다.

"천천히 준비하고 나와."

바로 일어나 세수를 하고 화장을 하는데, 엄마가 한마디 했다.

"너무 일찍 일어난 거 아니니?"

"밖에 친구가 와있어."

엄마는 더 이상 묻지 않고 차를 끓여주며, 냉장고에서 계란을 꺼냈다.

"괜찮아, 엄마, 비행기에서 기내식 먹을 거야."

계란을 냉장고에 다시 넣은 후, 뽀뽀를 하라고 볼을 내밀었다. 엄마의 표정은 내가 한국에서 막 돌아왔을 때보다 훨씬 밝아졌다. 엄마는 단호하고 믿음에 찬 눈빛으로 나를 바라보며 말했다.

"내 딸, 영화가 성공하길 바라. 목표를 이루고 빨리 돌아와. 그리고 몸조심하고 밥 잘 챙겨 먹어."

"알았어, 엄마도 몸조심하고. 이제 좀 쉬어. 한국에 도착해서 전화할게. 그리고 곧 돌아올게."

집에서 나와 캐리어를 끌며 걸었다. 엄마의 말이 내 마음을 따뜻하게 데워주었다. 몇 마디 하지 않았지만 늘 핵심을 벗어나지 않았다. 많은 사람들이 몽골에는 미래가 없다고, 오지 말라고 이야기한다. 엄마는 내가 한국에서 어떻게 발버둥치며 노력하고 있는지 알고 있기에 그렇게 말해 준 것이다. 나에게는 엄마의 그 말이 가장 힘이 된다. 환영해 주는 조국이 있고, 따뜻하게 안아주는 어머니가 있으며, 환하게 반겨주는 가족과 친구가 있다. 세상에는 자기 나라도 없고, 언제, 어디로 가야 하는지도 모르는 피난민들이 많다. 그들에 비하면 나는 참 운이 좋은 사람이다. 집이라고 하는 에너지의 궁전에서 나와, 성공으로 가는 길을 만들고, 어릴 때부터 목표로 삼았던 소망이 이루어지기를 바라는 마음이 더욱 간절해진다. 목표를 이루고, 못 이루고는 전적으로 나에게 달려 있다. 이런 생각이 머릿속을 맴돈다.


밖으로 나가니 날이 밝았다. 개가 일어나 가까이 다가오더니 냄새를 맡고 나에게 몸을 비비며 반갑게 인사하고, 다시 제 집에 들어갔다. 울타리 밖으로 나가자, 에르덴이 차에서 내려 다가와 인사한 뒤, 내 캐리어를 뒷좌석에 싣고, 차 문을 열어주며 나를 태웠다. 나는 에르덴이 차에 탈 때까지 설레는 마음으로 주의 깊게 지켜봤다.

**171**

에르덴이 차에 올라 시동을 켜고 출발했다. 나는 말없이 조용히 앉아 있었다. 사실 무슨 말을 해야 할지 몰랐다. 앞으로 결코 다른 사람의 인생에 끼어들지 않을 것이고, 다시는 만나지 않을 것이며 이제 대화가 끝났다고 말하면서 헤어졌다. 그런데 오늘 바로 그 사람 옆 자리에 낯선 모습으로 앉아 있다. 에르덴이 물었다.

"미셸, 정말 나에게 말하지 않고 떠날 생각이었어?"

에르덴은 손을 뻗어 내 손을 잡아 자신의 무릎 위에 올려 놓았다. 나는 손을 빼려고 했으나, 마지막이라고 생각해 그만두었다. 그리고 에르덴을 바라보며 말했다.

"내가 너에게 전화할 사람이 아니라는 거 잘 알잖아."

"왜?"

"왜? 네가 집에 있다면, 너의 가족과 같이 있다면 어쩔 건데?"

"미셸, 그건 내가 알아서 처리해. 네가 전화하면 무조건 받아. 내가 괜찮다는데 왜 네가 나를 대신해 신경 쓰는 건데? 전화하고 문자 보내."

"너 너무 제멋대로인 거 알지. 나는 그럴 수 없어. 이제 그 얘기는 그만해. 너에게 전화하는 것은, 단지 운을 시험해 보는 것뿐이야. 인생이 장난이 아니잖아."

이제 침묵의 시간이다. 에르덴도 말없이 생각에 잠겼다. 약간의 시간이 흘러 이윽고 공항에 도착했다. 에르덴이 차에서 내리더니 잠깐만 기다리라고 하고는 공항으로 들어갔다. 그의 뒷모습을 보며 만일 에르덴이 없었다면 이곳에서 어떤 여정을 보냈을까 하고 생각했다. 에무징의 말마따나 '모든 만남에 의미가 있다.'고 한다면 에르덴과의 만남은 내게 어떤 것을 주었을까? 멀리서 커피를 들고 오는 에르덴을 보니, 좀 더 일찍 만났더라면 하는 아쉬움이 생겼다.

에르덴은 차 문을 열고 말했다.

"미셸, 받아, 네가 좋아하는 커피야."

"고마워!"

불과 두 달 전만 해도 우리는 이 뜨거운 커피처럼 뜨거운 사랑으로 가득 차 있었다. 그리고, 그것이 계속될 것으로 생각하고 있었다.

에르덴이 나를 보며 말했다.

"나 너의 집 밖에서 밤을 보냈어."

놀라서 에르덴을 바라보자, 에르덴은 멋적은 미소를 지으며 말을 이었다.

"네가 쉬겠다고 해서 왔다고 말할 수 없었어."

"왔다고 했으면 당연히 나가서 만났을 텐데."

"그리고 나를 또 마음껏 꾸짖었겠지. 한국 가면 전화해, 알았지?"

알았다고 하니 나를 보며 웃었다.

"그럼, 지금 내 페이스북 차단을 해제해"

에르덴은 명령하듯 손짓했다. 귀엽게 생각되어 나도 모르게 전화를 꺼내 차단을 해제했다.

"이제 친구 신청을 보내."

"친구 신청을 '해주세요' 하고 부탁해 봐."

"알았어."

에르덴은 휴대전화를 꺼내더니 친구 신청을 보냈다. 어떤 이유에서인지 나는 이 남자와 함께 있으면, 자신을 통제하지 못하고 최면에 걸리곤 한다. 에르덴은 다시 진지한 얼굴이 되어 말했다.

"미셸, 정말 보고 싶을 거야. 네가 없는 몽골은 상상할 수조차 없어."

나는 대답할 말을 찾을 수 없었다. 한국으로 오라고 말하고 싶은 나와 바보 같은 생각은 그만하라고 소리지르는 내가 내 안에서 싸우고 있다. 악마의 유혹에서 벗어나 에르덴을 바라보며 말했다.

"이제 들어갈래. 탑승 수속이 시작되었어."

에르덴은 아쉬운 표정으로 물었다.

"너 나를 증오하는 거지?"

"아니, 왜?"

"미안해."

에르덴은 그 말을 끝으로 차에서 내려서는 뒷좌석에서 내 짐을 꺼냈다. 에르덴은 내 앞에서 캐리어를 끌며 걷는다. 뒤에서 보니 마치 엄마에게 욕을 먹고 걸어가는 어린아이처럼 보였다. 에르덴을 따라 걷는 동안 오만 가지 생각이 떠오르며 가슴을 아프게 했다.

체크인하려는데, 감독님과 두 배우가 바로 뒤에서 따라 들어왔다. 수속을 마치고는 세 사람에게 먼저 들어가라고 손짓한 후 입구에서 에르덴과 마주 보며 서 있었다.

"안녕."

급히 작별 인사를 하고 돌아서려는데, 내 손을 잡고 자기 쪽으로 끌어당겨 안았다.

"잘 챙겨 먹고, 아프지 말아, 힘들면 전화하거나 문자 보내."

울먹이는 그의 목소리와 세차게 뛰는 심장소리를 느낄 수 있었다. 나도 그를 꼭 끌어안고 눈물을 참았다. 시간을 멈춰 세우고 이대로 있고 싶었다. 공항 직원이 서울행 비행기에 탑승하라고 말했다.

"안녕."

가까스로 말하고는 검사대로 걸어갔다. 눈앞에 아무것도 보이지 않았다. 검사관이 여권을 확인하고 도장을 찍은 뒤 냅킨과 함께 돌려주며 말했다.

"안녕히 가세요."

"감사합니다."

냅킨으로 눈물을 닦는데, 조금이지만 위로가 되었다. 힘들 때 신경 써주신 검사관에게 정말 감사했다. "울지 마세요."가 아니라 "실컷 울고 닦으세요."라고 한 것 같았다. 때로는 속이 풀릴 때까지 우는 것이 눈물을 삼키며 속으로 우는 것보다 더 효과가 있다는 것을 알고 있는 걸까?

올 때에도 "고국에 오신 것을 환영합니다."라는 검사관의 말에 감동하고 기뻤었는데, 지금은 위로하며 배웅해 주고 있다.

맨 마지막으로 비행기에 탑승했는데, 감독님이 나를 보았는지 손을 흔들며 부르셨다. 울지 않은 척 억지로 미소를 지으며 다가갔다.

"괜찮아?"

"괜찮아요, 감독님"

창가 쪽에 앉아 안전벨트를 매고 창밖을 바라보았다. 에르덴이 비행기가 이륙할 때까지 지켜보며 서 있을까 아니면 집으로 돌아갔을까? 이런 저런 상념에 잠겨있는데, 비행기 엔진이 켜지고 비행기가 움직이기 시작했다. 그와 동시에 눈물이 볼을 타고 흘러내렸다. 슬픔, 고통, 노여움을 동시에 담은 눈물이 마음을 찢듯 안에서 흘러나왔다. 검사관이 준 냅킨도 더는 마른 곳이 없이 눈물에 푹 젖었다. 가방에 냅킨이 있을 것 같아 더듬어 보니, 사각형으로 접힌 종이가 들어 있었다. 펼쳐서 읽어보니 이렇게 쓰여 있었다.

**176**

'사랑해, 미셸! 아무것도 할 수가 없어서 미안해.'

감독님이 다시 물었다.

"미셸, 괜찮아?"

"괜찮아요."

"괜찮을 리 없지. 그렇게 울고 있으면서.“

감독님은 손수건을 꺼내 나에게 주었고, 나는 감독님을 바라보지 못하고 받았다.

"고마워요"

이 사람을 어떻게 잊을까? 시간이 잊게 해줄까? 시간이 흐르면 그 많던 추억이 하나둘씩 사라질까? 마음이 아픈데, 어디가 어떻게 아픈지 정확히 모르겠다. 서울을 향해 나는 비행기 안에서 아픔과 희망이 교차하는 세 시간이 흘렀다.

비행기가 어느덧 인천공항에 착륙했다.

# 7

PD가 손을 흔들고 웃으며 우리 쪽으로 걸어온다. 그는 얇은 셔츠를 입고 있었다. 정말이지 한국은 너무 더웠다.

스튜디오가 강남에 있었기에, 그 주변에 있는 호텔에 묵게 되었다. 두 배우가 한국말을 전혀 못하니, 나를 함께 묵게 함으로써 편안하게 해주려는 것이었다. 나에게도 물론 좋은 일이었다. 5개월 전에 집을 나와 현재는 묵을 집이 없었기에 더욱 좋았다.

영화를 만드는 커다란 스튜디오에 들어가니 입이 떡 벌어졌다. 두 배우의 통역을 겸하며 감독님과 대본에 관해 토론했다. 쉴 새 없이 말해야 했고, 일이 정말 많았다. 촬영은 일주일간 진행되었는데, 그중 3일간은 바닷가에서 촬영했다.

한국 남자배우인 아버지가 어부이고, 몽골 주인공 소년이 깨달

음을 얻고, 어부인 아버지를 만나러 가는 장면을 찍었다. 처음 시나리오를 읽었을 때 이 장면에서 많이 울었다. 바드마가 옆에서 나를 놀리던 것이 생각난다.

우리는 저녁식사를 하며 몽골에서 촬영하면서 있었던 일들을 이야기하며 추억에 잠겼다. 중간에 제작과정 영상을 촬영하는 청년이 자신이 찍은 사진을 1분 영상으로 만들어 우리에게 보여주었다. 감독님 옆에서 찌푸리거나 환하게 웃고있는 내 사진이 가득하다. 내일 촬영이 있어 두 배우에게 대본을 주고 어찌저찌 하겠다고 하시는 감독님의 말씀을 통역해 주었다. 그 두 배우는 피곤한지 연신 하품을 해댔다. 감독님이 눈치채신 것 같았고, 그들에게 지금은 쉬고 내일 보자고 하고, 우리 둘은 방에서 나왔다. 나도 감독님에게 인사를 하고 내 방으로 갔다. 너무 피곤해 세수도 하기 싫었다. 호텔 창문으로 한강이 보인다. 문득 내가 한강과 많은 추억을 공유하고 있다는 생각이 들었다. 다리의 아름다운 불빛이 마치 힘들 때 찾아가 마음을 진정하고, 친구들과 함께 생일을 기념하며 보냈던 행복한 순간들 같았다. 차선 아래를 지나가는 지하철 소리, 자전거 길, 잔디 위 연인들의 친밀한 행동이 매우 사랑스러워 보인다. 여기서 보이는 다리 건너편에 우리 집이 있다는 생각에 탄식하며 서 있었다. 이 근처에 전에 살던 집이 있었던 것이다.

한국 휴대 전화를 살렸으니 내일 집주인 할아버지에게 물어보자고 생각하는 동시에 메시지 알림 소리를 들었지만, 볼 기력이 없었고 깊이 잠에 빠져들었다.

아침에 일어나 휴대전화 알람을 끄는데, 에르덴에게서 메시지가 와 있었다.

- 미셸, 내가 정말 잘못된 행동을 했어. 잘 알고 있어. 하지만 너에
  대한 사랑은 여전히 똑같아. 네가 나 때문에 울지 않으면 좋겠

어. 너는 대단한 전사이고, 똑똑한 여자잖아. 모든 것이 미안해.

항상 기다릴게

메시지를 읽으며 그를 떠나보낼 시간이 더 필요하다는 것을 깨달았다. 국경을 넘어 서로 다른 나라에 있으면 괜찮을 거라 생각했는데 착각이었다. 나는 답장으로 '보고 싶어, 정말 힘들어'라고 쓰고 싶었지만 결국 쓰지 못했다.

휴대전화를 침대에 던지고 일어났다. 어제 지우지 않은 화장이 얼굴을 당기고 불편하게 해, 목욕을 하고 화장을 다시 한 후, 대본을 들고 방에서 나와 감독님의 방을 향해 걸어갔다. 이 상황이 정말 믿어지지 않았다.

방송 일을 할 때 아침에 화장하고 집을 나설 때마다 빌궁이 "누구에게 보여주려고, 누가 너에게 관심을 가지는데?"라고 이죽대던 것이 생각난다. 만일 아직 빌궁과 같이 있었다면, 지금 이 복도를 걷고 있지 못했을 거라는 안 좋은 생각에 소름이 끼쳤다. 감독님의 방문을 두드리니 방안에서 소리가 들려왔다.

"미셸, 금방 내려갈게."

오랜만에 고국에 돌아왔으니 당연히 깊은 잠에 빠져들었을 거라는 생각이 들었다. 다시 돌아와서 두 배우의 방을 두드렸다. 곧 문이 열리고 여배우 모습이 보였다.

**181**

"미셸 언니, 나 아직 목욕하지 못했어요. 오빠가 나오기를 기다리고 있어요."

"커피숍으로 내려와."

나는 혼자 내려가 커피를 주문하고 조용히 앉아 있었다.

그들이 연이어 내려오는 것과 동시에 밖에 차가 한 대 와 우리를 촬영장으로 데려갔다. 가는 길에 남자 주인공이 차창밖으로 보이는 것들을 하나도 빼놓지 않고 나에게 물어본다. 나는 123층 롯데월드 타워가 한국에서 가장 높은 건물이고, 새해 카운트다운 불꽃놀이는 정말 환상적이라고 이야기해 주었다. 또한 다리 건너편에 보이는 남산타워가 있는 저곳에서 연인들이 사랑의 자물쇠를 잠그고 열쇠를 던져버리는 것을 한국 드라마에서 보았을 것이라고, 그리고 이 강이 한강이고 몽골의 톨강처럼 수도 서울시를 가로질러 흐르고 있으며, 좋은 점은 강변에 공원이 있어 휴식하는 데 제격이며, 한강공원에서 자전거도 타고 치킨을 배달시켜 먹을 수도 있다고 하니, 간절한 눈빛으로 고개를 끄덕이며 나를 바라본다. 그리고 나도 누나처럼 어른이 되면, 한국에 와서 연기를 배워 세계적인 스타가 되고 싶다고 했다. 왠지 이 소년의 얼굴이 큰 꿈을 품고 처음 한국에 왔던 과거의 내 모습이 겹쳐보였다.

그렇게 달려 파주 촬영장에 도착했다. 몽골에 왔던 제작진 외에도 처음 보는 스태프들이 많았다. 감독님이 우리를 모두에게 소개했다. 다들 영상에서 봤다고 하며 반가워했다. 주인공인 남자아이를 보고 박수갈채를 보내며 연기를 정말 잘했다고 칭찬한다.

시골과 해변에서의 일주일 촬영은 눈 깜짝할 사이에 지나갔고, 두 어린 배우를 몽골에 보내기 위해 모두가 인천공항에 나가 그들을 배웅했다. 소년이 귀엽게 손을 흔들며 이야기한다.

"미셸 누나, 몽골에 빨리 돌아오세요."

감독님이 어깨를 두드리며 말했다.

"일주일간 푹 쉬고 출근해. 아직 편집이라는 중요한 일이 남아 있어."라고 했다.

나는 그날 호텔에서 나와 집으로 가게 되었다. 집주인 할아버지에게 전화를 걸어 물으니, 빌궁은 한 달 전에 이사 갔다고 한다.

***

지하철에서 내려 캐리어를 끌며 집을 향해 걸어갔다. 밖은 침울했다. 나뭇잎이 떨어지고 가끔 바람이 분다. 여름이 가고 가을이 온 것이다. 계절이 바뀌듯 나도 변했다. 잎이 떨어져 앙상한 나무처럼 내 마음도 텅 비었다. 곧 눈이 올 것이고 나는 더욱 외로울 것이다. 다시 여름이 오면 조금 괜찮아질까 하며 에르덴을 생각했다. 그가 매일 보내는 메시지는 편지 같다.

집으로 가는 길에 할아버지의 부동산 짐포에 들렀다. 할아버지는 나를 반기며 예뻐졌다고 이야기하며 차를 끓여주셨다. 학생 때 돈이 없어 보증금 없는 집을 찾으러 발에 물집이 잡힐 때까지 돌아다니다가 할아버지 덕에 집을 구할 수 있었다. 그때는 한창 무더운 여름이었다. 할아버지는 냉장고에서 박카스를 꺼내 주며 이것을 마시며 잠시 동안 숨을 돌리라고 하셨고, 물집 잡힌 상처에 붙이라고 밴드까지 챙겨주셨었다.

할아버지는 종이에 현관문 비밀번호를 적어주시며 이야기를 꺼냈다.

"그런데…. 빌궁이 다른 여자와…."

할아버지는 아차 싶었는지 더 이상 말이 없었다. 생각해 보니 그때 휴대 전화 앨범에 있던 여자라는 생각이 들어, 대수롭지 않게 말했다.

"아, 여자 친구요?"

"알고 있었어?"

당황해 하는 할아버지에게 무슨 일이 일어났는지, 내가 왜 떠났는지 말해주었다. 할아버지는 그런 줄 알았다는 듯 고개를 끄덕이며 묵묵히 듣고 계셨다.

"그때 안녕이라며 집을 나갔던 미셸이 다시 돌아왔어요, 할아버지."

"집이 네 명의로 되어 있는데, 왜 네가 나갔니?"

할아버지는 궁금한 듯 물으셨지만 나는 대답을 할 수 없었다.


문을 열고 집 안으로 들어갔다. 익숙한 냄새가 난다. 일부 가구가 없어졌다. 기르던 물고기도 없다. 그런데 깨진 컵은 왜 가지고 간 걸까? 이 집을 떠날 때의 나를 생각하니, 지금은 자유롭고, 새로운 날개가 생겼으며, 자신감 넘치는 새로운 사람이 되었다는 생각이 든다. 그렇게도 그리던 영화 감독의 꿈이 너무 가까이 와 있는 것처럼 느껴진다. 항상 나를 짓누르며 네 꿈이 너무 크다고 이야기하던 그 괴물은 이제 없다. 꿈을 이루기 위해 다가온 큰 과제를 가진 미셸은 거울 속의 자신을 바라보고 있다. 아직도 마음의 상처가 조금 남아 있었지만 그때의 미셸과는 비교할 바가 못된다.

"나의 새로운 인생을 위하여!"라고 소리치고 나니, 마음이 열리고 편안해졌다. 옷을 정리하고 집을 청소하고 있는데 문을 두드리는 소리가 들렸다. 살짝 긴장하며 문을 여니 할아버지였다. 할아버지는 흰 봉투를 내밀며 말씀하셨다.

"다음 달부터 월세로 35만 원만 줘."

"할아버지, 이게 뭐예요?"

"직업을 구할 때까지 생활에 보태!"

"고마워요, 할아버지. 그런데 나 지금 일하고 있어요."

"그래. 정말 잘 됐네. 허허"

할아버지는 웃으시며 문을 닫고 돌아가셨다.

할아버지는 내가 혼자라고 5만 원을 또 덜어준 것이다. 원래도 우리 집 월세는 40만밖에 안 되었다. 근처 시세에 비하면 무척 저렴한 금액인 셈이다. 내가 얼마나 복이 많은 사람인지 다시금 깨달았다.

할아버지가 건넨 봉투를 열어 보니 20만 원이 들어 있었다. 눈시울이 뜨거워졌다. 급히 몽골에서 가져온 사탕과 초콜릿을 포장해 뛰어나가 돌아가시는 할아버지를 불러 세우고 선물로 드렸다. 할아버지도 많이 기뻐하며 '몽골 고비' 초콜릿을 정말 좋아한다며 받으셨다.

친구 아자에게 돌아왔음을 고했다. 이제부터 새로운 인생을 시작하려 한다며, 맡겨둔 짐을 가지러 갈 것이라 이야기하니, 자기가 가져오겠다고 한다. 침대를 빨리 바꾸고 싶은 마음에 인터넷으로 새 침대를 주문하고, 낡은 침대를 밖으로 내놓으려다 문에 걸리는 바람에 갇혀버렸는데, 마침 아자가 왔다. 둘이 함께 침대를 내가고, 차에서 내 짐을 꺼내어 집안으로 들여놓고서야 여유가 좀 생겼다.

아자와 함께 저녁 내내 수다를 떨었다. 아자는 여전히 활기차고 긍정적이다. 아자는 내가 관여하고 있는 영화에 대해서도 많은 관심을 보이며 물었다. 영화의 편집이 끝나면 새해에 곧바로 개봉할 것 같다고 했더니, 아자는 레드카펫을 곧 밟게 되겠다며 좋아한다. 아자는 늦은 저녁까지 집 정리와 옷 정리를 돕고는, 아이들을 일찍 재워야 한다며 집으로 돌아갔다. 몽골의 집을 떠나왔는데, 떠나온 것이 아니라 한국의 집으로 돌아온 느낌이 든다. 편안하고 아늑하다.

일주일의 휴가 기간 한국에 있는 친구들을 만나기로 하고, 안나에게 전화해 내일 영화를 함께 보기로 했다. 그러면서도 시간이 날 때마다 에르덴을 생각하고 그리워한다. 그도 나에게 계속 연락하고 있다. 그를 밀어내야 한다는 생각이 들지만, 아직 그 시기가 안 된 것 같다. 그를 영원히 못 보게 된다는 사실이 두렵다. 한편으로는 그를 데려와 같이 살아볼까 하는 생각도 든다. 내가 알던 내가 아닌 다른 누군가가 된 것 같다.

\*\*\*

안나가 왔고 우리 둘은 영화를 보러 갔다. 브래들리 쿠퍼와 레이디가가 주연의 〈스타 이즈 본〉을 상영하고 있었다. 영화를 보면서 많이 울었다. 사랑하는 여자가 성공하기를 바라며 비극적 결말을 맞이하는 남자 주인공이 에르덴과 겹쳐보였다. 내가 이 영화의 감독이라면 영화를 비극으로 끝내지 않고 해피엔딩으로 연출했을 것이다.

영화 OST 중 하나인 〈Always Remember Us This Way〉의 가사다.


한밤의 연인들

시를 쓰려는 시인

운율 맞추는 법은 모르지만

노력할 뿐이야

하지만 이것만은 잘 알아

내가 가고 싶은 곳은 바로 당신

내 안의 그댄 절대 사라지지 않아

그래서 목이 메고

아무 말도 할 수가 없어

헤어질 때마다 가슴이 아파

해가 지고

밴드가 연주를 멈출 때

난 항상 우리를 이렇게 기억할게

난 그저 추억으로 남고 싶지 않아

이 가사와 영화의 내용이 꼭 나를 위해 만든 것 같다는 느낌이 들었다. 누군가에게 방해물이 되느니 심장이 찢어지더라도 빨리 잊어버리는 게 좋은 거야. 그렇게 생각을 하면서도, 영화가 끝나고 영화관을 나설 때까지 나는 계속 울고 있었다. 안나가 나를 안아주며 말했다.

"결국 시간이 해결해 줄 거야. 하지만 언니는 완전히 다른 사람이 된 것 같아. 이젠 이루어질 수 없는 것은 버려."

그 말처럼 시간이 해결해 주기를 간절하게 바란다. 하지만 따뜻한 손으로 꽁꽁 언 내 발을 녹여주고, 울 때 눈물을 닦아주던 에르덴의 모습이 생각난다. 포옹과 키스의 기억, 에르덴의 향기를 잊을 수 없다. 그리고 왜 잊어야만 하는데?

저녁에 에르덴에게서 '보고 싶어서 힘들다'는 메시지가 왔다. 답장은 쓰지 않았다. 그동안 에르덴의 어떤 전화나 메시지에도 응답하지 않았다. 처음에는 매일, 그 다음에는 이틀에 한 번, 일주일에 한 번으로 응답이 줄어들었다 내가 답장하지 않으면, 자연스럽게 잊어버릴 것으로 생각해 답장하지 않았다. 대신 일기장에 그에게 보내는 답장을 쓰며, 마음을 달래곤 했다.

매일 모르는 번호로 전화가 온다. 에르덴의 전화일 거라고 직감적으로 느끼고 있다. 어느 날 밤, 자려고 누워 있는데, 모르는 번호로 또 전화가 왔다. 전화를 받으면 아무 말도 하지 않는다. 전화해 놓고 아무 말도 없다고 혼잣말을 했다.

그제야 목소리가 들린다.

"여보세요?"

"여보세요, 누구세요? 할 말 없으면 끊을게요."

"빌궁이야, 잘 지내?"

에르덴이 아니었다. 나는 한동안 침묵하다가 대답했다.

"응, 잘 지내."

"몽골에서 돌아왔어?"

빌궁은 내가 한국에 온 것을 확인하려고 전화한 것 같다.

"그래. 난 잘 지내고 있어."

한동안 침묵이 이어졌다. 나는 답답해서 이 침묵을 견딜 수 없다.

"전화해 놓고 말 안 할 거야?"

"언제 오나 해서 자주 전화했었어, 방금도 용기 내서…."

"알았어, 알았어, 나 바빠, 끊을게."

"자, 잠깐. 하나만 물어봐도 될까?"

"뭔데?"

"너 나를 사랑하긴 했니?"

"사랑했다면, 지금도 함께 살고 있겠지."

빌궁은 말문이 막히는지 더 이상 답이 없다.

"네가 나를 그렇게 사랑했다면, 내가 죽었다고 생각하며 살아. 지금 우리가 이런 말을 나누고 있는 것도 웃기는 일이야. 난 지금 내가 얼마나 무기력한 남자와 함께했던 거냐고 후회하고 있어."

"그냥 보고 싶어서…."

더 이상 대화를 지속하기 싫어 냉랭한 목소리로 말하고는 전화를 끊었다.

"나 말고 네 옆에 있는 사람이나 챙겨."

무슨 낯으로 나에게 이런 전화를 할 수 있을까 싶어 그 번호를 차단했다. 그날 용기를 내어 집을 나간 것이 정말 잘한 일이다. 비록 내 사랑이 실패했더라도 빌궁과 같이 사는 것보다 몇 배는 잘된 일이다.

그 이후로도 가끔 모르는 번호와 공중전화로부터 전화가 오곤했지만 차갑게 전화를 끊었다. 나에게는 그에 대한 추억이 하나도 없다. 전화할 때마다 그에 대한 실망만 커진다. 사실 그가 어떻게 살든지 지금의 나와는 아무런 상관이 없다. 차라리 빌궁이 행복하게 사는 것이 더 나을 것이라는 생각이다.

가장 이상한 점은 빌궁과 얘기하고 불편해할 때마다, 에르덴에게서 메시지가 오는 것이다. 늘 멀리서 지켜주듯 말이다.

- 괜찮지, 오늘도 파이팅! 밥 꼭 챙겨 먹고.
- 지금은 낮 커피를 마시고 있겠네.

\*\*\*

주문한 침대가 도착했다. 배달원들이 금세 조립해 주고 갔다. 마음에 들어, 앉아도 보고, 누워도 본다. 집에 온 후 침대에서 잠을 자지 않았다. 그 멍청한 남자가 다른 여자와 함께 썼다고 생각하니 눕기는커녕, 보기도 싫어 그날로 버린 것이다. 이렇게 모든 것이 새롭게 변화하고 있다. 모레는 출근해야 했기에 휴일에 한강 변에서 따뜻한 아메리카노를 마시고 머리를 식히며 산책했다. 이렇게 나만의 시간을 가져본 적이 참 오래되었다. 강물을 바라보며 잠시 앉아 있었다. 사진을 찍으려고 휴대 전화를 꺼냈는데 거의 10통이 넘는 전화가 와 있었다. 뭔가 아주 중요한 걸 물어보려는 것 같았고, 분명 영화 제작팀이라고 생각하며 전화하려는데 상대방이 또 전화를 걸어왔다.

"여보세요?"

"안녕, 미셸?"

무척 익숙한 목소리다. 무심코 에르덴이라고 생각했다가, 그럴리 없다고 생각하며, 조금 흥분한 목소리로 물었다.

"네, 그런데 누구세요?"

"에르덴이야."

잠시 당황해 전화를 다시 보니 한국 번호였다.

"에르덴?"

잠시 침묵하다가 다시 물었다.

"한국에 온 거야?"

"응. 방금 도착했어, 지금 바로 갈게."

나는 전화가 오기를 오랫동안 기다린 사람처럼 내가 있는 곳을 빠르게 알려주었다. 에르덴이 올 때까지 흥분과 초조감 속에서 기다렸다. 에르덴은 나 때문에 온 걸까? 반가움과 동시에 큰 부담을 느낀다. 에르덴은 가정이 있는 사람 아닌가? 이성은 "안돼, 이제 그만해"라고 하는데, 감성은 그를 열망하고 있다. 어떻게 해야 할지 모르면서도, 한 켠으로는 그냥 보고 싶다.

에르덴을 기다리며 한강 아리랑 유람선에 있는 커피숍에서 아이스 아메리카노를 주문해 거의 한 번에 마셨다. 커피를 너무 급하게 마셨기 때문인지, 아니면 에르덴이 오는 것 때문인지, 심장이 고동치며 튀어나올 것 같았다. 문을 열고 들어오는 모든 사람을 눈 한 번 깜빡이지 않고 지켜본다. 에르덴을 기다리는 동안 시간이 멈춘 것 같다. 자주 거울을 꺼내 립스틱을 다시 바르고 머리를 살펴보며,

내 눈을 들여다보았다. 지금 나의 눈빛은 첫사랑에 빠진 소녀 같다. 이 순간 앞에서 거울을 들여다 보는 미셸은 사춘기 딸을 바라보는 엄마와도 같은 심정이다. 모든 여자가 다 이런 걸까, 아니면 나만 이런 걸까? 나는 늘 가정이 있는 사람과 정분이 나거나, 바람을 피우는 것은 절대로 안 된다고 생각하고 있었다. 그런데 지금 이 순간 내 마음이 양면성을 띠고 있었다. 무엇보다도 그를 가지고 싶다.

문이 열렸다. 검은색 바지, 흰색 티셔츠 위에 점퍼를 입고, 장미 세 송이를 들고 있는 에르덴이다. 에르덴은 나를 찾기 위해 카페 안을 둘러보다가, 나와 눈이 마주쳤고 나를 향해 빠르게 걸어왔다. 의자에서 일어나 마주 걸어가, 몇 개의 의자와 테이블을 지나 마주쳤다. 우리는 서로를 힘껏 껴안고 아무 말 없이 서 있었다. 오직 두 심장만 고동치며 서로 이야기하는 것 같았다.

커피숍에 있는 모든 사람들이 우리를 보며 소리를 지렀다. 우리는 격정적인 커플처럼 포옹했다. 에르덴이 내 눈을 바라보며 내 입술에 가볍게 키스하는데, 바로 이 순간을 기다려온 듯 그동안의 모든 고통과 그리움이 한순간에 사라진 것 같았다. 마치 처음 만났을 당시의 에르덴을 다시 만나는 것 같았다. 에르덴의 눈빛과 향기를 얼마나 그리워했는지 모른다. 에르덴이 꽃을 주며 입을 열었다.

"내가 왔어."

나를 보며 미소를 짓는다. 칭찬해주기를 바라는 아이같은 자랑스러운 얼굴로 바라본다. 나는 장미를 받아들고 칭얼거리듯 말했다.

"온다고 말하지 그랬어?"

"미셸, 너 지난 열흘 동안 나에게 단 하나의 답장도 하지 않았잖아. 그리고 전화도 받지 않았고. 그래서 왔어."

"미안해."

에르덴이 다시 포옹했다.

나는 에르덴이 한국에 올 줄은 상상도 하지 못했다. 같이 있다는 사실이 믿어지지 않아 스스로를 꼬집어보기도 했다. 에르덴은 메시지에 답장도 없고, 전화도 안 받으니 답답해 죽는 줄 알았다며, 항상 걱정했다고 이야기한다. 마지막으로 공항 세관에서 네가 눈물을 흘리며 넘어질 뻔했을 때, 뒤쫓아가서 가지 말라고 하고 싶었지만, 용기가 없어 그러지 못했던 것을 지금도 후회하고 있다고 말한다. 왠지 에르덴이 어떤 결정을 내리러 온 것 같은 느낌이 들었다. 하지만 그것을 간절히 바라면서도, 현실적으로는 넘어설 수 없는 벽이 있음을 알고 있다.

에르덴이 내 손을 잡고 단호하게 말했다.

"여기서 나가자."

에르덴은 문 앞에 놓아두었던 여행 가방을 들며 당당하게 말했다.

"자기야, 자기 집에 가도 돼?"

"집이 좀 불편할 거야."

에르덴은 미소를 지으며 말했다.

"너만 있으면, 어디든 괜찮아"


에르덴은 우리 집에 들어와 자세히 살펴보고는 말했다.

"멋있게 꾸미고 편하게 잘살고 있네! 손 씻어야지, 화장실이 어디 있어?"

에르덴이 씻는 사이, 나는 찻물을 올리고, 냉장고에서 대접할 것이 뭐가 있을지 찾아보고 있는데, 에르덴이 싱글벙글 웃으며 나왔다. 나는 놀라서 물었다.

"왜?"

"화장실에서 볼 일을 어떻게 보는 거야? 너무 높은데. 자기 화장실에 왕비의 의자가 있네."

한국의 일부 화장실에는 오수관이 높아 변기가 높이 설치되어 있다. 나는 이미 익숙해져 아무렇지 않지만. 친구 안나도 처음 왔을 때, 화장실에 들어가 웃으며 사진을 찍어도 되냐고 매우 관심을 보였었다. 최근에 오스카상을 수상한 영화 〈기생충〉에도 우리 집과 똑같은 화장실이 등장한다. 그 영화가 나온 이후로 우리 집에 오는 친구들은 모두 영화에 나오는 화장실과 같다고 말한다.

나는 에르덴을 놀리며 말했다.

"거기에는 높은 사람은 앉아야 돼."

우리 둘은 한참을 웃었다. 왠지 집안이 꽉 차고, 우리 둘의 행복하고 낭랑한 웃음에 가구들마저도 살아 숨 쉬는 것 같았다. 전에 에르덴과 함께 몽골을 여행할 때, 어떤 음식을 잘 만드냐고 물은 적이 있다. 그때 김치찌개를 한국 사람 못지않게 잘 만든다고 했었고, 언제 만들어 줄 거냐고 물었던 기억이 났다. 오늘이 바로 그날인 것 같다. 나는 부엌에서 요리하면서 처음으로 설렘을 느꼈다. 김치찌개를 그릇에 담아 그에게 주고, 따뜻한 밥과 또 내가 가장 잘 만들 수 있는 계란말이를 만들어 식탁에 놓았다.

"냄새 좋다. 자기야, 이젠 앉아. 다른 거 필요 없어."

"맛있게 먹어."

에르덴은 찌개를 숟가락으로 떠서 맛을 보더니 반색하며 말했다.

"정말 맛있다. 몽골에 식당 열까? 장사 대박날 것 같은데."


나는 에르덴의 속삭임에 하늘을 날고, 그의 손길에 불타오르고, 그의 입술에 취해 꿀 같은 밤을 보내며, 날이 밝을 때까지 새로 산 침대의 강도를 시험했다.

　　　　　　　　　　***

　　눈을 뜨니 어느새 정오가 되어 있었다. 에르덴이 커피를 끓여주고 계란후라이를 해주었다. 이 곳에 에르덴의 집 같다는 느낌이 든다. 지금 우리는 부부처럼 그 누구도, 어떤 것도 두려워하지 않고 자유롭게, 마치 천국에 온 것처럼 지내고 있다. 그렇다. 전에 에르덴과 함께 사는 것을 상상하면서, 그와 함께 해보려고 했던 것을 지금 다 해보고 내일은 없이 오직 오늘만 살아가는 사람처럼 행동하고 있다. 에르덴이 자기가 전에 살던 동네에 가서 자주 가던 식당에서 저녁 식사를 하자고 제안했다. 내가 화장하고 거울에 얼굴을 비추어보고 있는데, 에르덴은 뒤에서 사진을 찍으며 계속 예쁘다고 칭찬한다.

　　지하철에서 나를 무릎 위에 앉히고, 사람이 많으면 나에게 붙어 꼭 안아준다. 이 모든 행동이 나를 더욱 끌어당기고 있다. 이미 그의 아내와 아이들에 대해 잊어버린 지 오래다.

　　합정역에서 내려 2번 출구로 나와 직진하다가 골목에 있는 5층짜리 건물 근처에 멈췄다.

　　에르덴이 위를 쳐다보며 말했다.

　　"나 여기 3층에 살았어."

"기념으로 사진 찍어줄까?"

"그래"

에르덴은 흔쾌히 말하며 내 손을 잡아당겼다.

"이쪽으로 와"

함께 사진을 찍은 후 내 손을 잡고 건물의 옆길을 돌아 거의 사람이 오지 않을 것 같은 작은 식당에 이르렀다.

식당 안은 이미 사람들로 가득해 자리가 없었다. 순대국밥 맛집으로 유명한 곳이라고 했다. 직원이 다가와 자리가 나면 앉으라고 한다. 곧 테이블 하나가 비었고 거기에 앉았다. 할머니 한 분이 웃으며 우리 쪽으로 다가오자, 에르덴이 일어나 인사했다. 그 할머니는 나를 보며 에르덴이 거의 매일 왔었다고 반가워한다. 우리가 맛있게 다 먹고 나니 할머니가 에르덴을 불렀다. 그 사이에 에르덴의 휴대전화에 메시지가 왔다. 곁눈질로 전화를 보니 그의 아내에게서 온 것이었다. 갑자기 뭔가 불편해졌다. 에르덴이 무언가 들어있는 봉지를 들고 돌아왔다.

"자기야 갈까? 할머니가 준 김치야."

에르덴의 휴대전화 벨이 울렸다. 에르덴은 내가 보기라도 할까봐 급히 전화를 끊었다. 그리고 나에게 봉지를 주고는 밖으로 나가며 말했다.

"자기야 화장실 좀 갔다 올게."

아내와 통화하려고 갔다는 생각이 들며, 문득 내가 지금 무슨 짓을 하고 있는지 깨달았다. 말로 표현할 수 없는 이 묘한 관계, 마치 바위 사이에 끼인 새끼 수달 같은. 에르덴은 곧 돌아와서는 아무 일도 없었다는 듯 내 손을 잡고 나와 근처 영화관으로 들어갔다.

"〈스타 이즈 본〉 볼래?"

"이미 봤어"

"누구랑?"

에르덴은 질투하듯 물었다.

"여자 친구와, 다 보고 너를 생각하며 많이 울었어."

에르덴은 나를 끌어안으며 다시 물었다.

"미안해, 그럼 어떤 영화를 볼까?"

마침 감독님에게서 전화가 왔다. 내일 2시에 스튜디오에 늦지 말고 오라고 상기시켰다. 나는 에르덴에게 피곤하다고, 영화는 나중에 보자고 했고, 우리 둘은 집으로 돌아왔다.

\*\*\*

나는 영화를 촬영하는 것보다 편집 작업이 더 힘들고 중요한 일이라고 생각한다. 매일 감독님과 함께 화면을 바라보며 앉아 있었다. 주중 5일, 때로는 일찍, 때로는 매우 늦게 퇴근한다. 퇴근 후에는 에르덴에게 달려간다.

일찍 퇴근하면 서울의 거리에 있는 포장마차에 앉아 파전에 소맥을 마시며, 열띤 대화를 나눴다. 숙취가 오르면 에르덴에게 불만을 토로하며 가끔 그에게 투정을 부린다. 그때마다 에르덴은 내 말을 참을성 있게 다 듣고 용서를 구한다. 오늘은 포장마차에서 나오는데 이슬비가 내리고 있었다. 한국 영화나 드라마에서 술에 취한 여자 친구를 업고 가는 장면이 자주 나오는데, 에르덴이 나를 업고 서울의 거리를 걸을 거라고는 상상도 하지 못했었다. 나는 에르덴의 귀에 대고 주정하듯 말했다.

"너는 내 꺼야, 알았지?"

매일 아침 숙취에 절은 눈으로 감독님에게 속이 안 좋다고 했더니, 감독님은 적당히 하라며 나무라신다.


다행히 곧 주말이 되었다. 우리는 한국에서 가장 맑은 속초 바닷가의 아름다운 해변 호텔에 묵으며, 정말 큰 창문 옆 침대의 하얀 이불 위에 마주 누워 일출을 바라보고, 침대에서 아침을 먹고, 다시는 놓지 않을 것처럼 손을 꼭 잡고 해변을 걸었다. 에르덴은 파도를 따라 달리다가 나를 위해 모래 위에 하트를 만들어 주었다. 그리고는 분명한 목소리로 말했다.

"이 모든 것은 네가 처음이야."

"응, 믿어, 모든 행동이 처음 해보는 것 같았어, 알아, 자기야."


함께 요트를 타고 일몰을 바라보며 서 있다가 에르덴이 말했다.

"자기야, 나랑 결혼해 줄래?"

나는 내 귀를 믿을 수 없어 동그란 눈으로 에르덴을 쳐다봤다.
에르덴은 재차 확인하듯 말했다.

"나랑 결혼해 줄래?"

그토록 듣고 싶은 말이었는데, 뭔가 이상하다. 나는 아무 말도
하지 못하고 멍하니 서 있었다. 속으로는 이렇게 외치고 있었다.

'요트야 빨리 해안에 도착해. 그렇지 않으면 내가 다른 집 아이들의 아버지를 빼앗을 것 같아! 제발 빨리 가!'

에르덴은 그런 나를 잠자코 지켜보고 있다가 더 참을 수 없는지 외치듯이 말했다.

"미셸, 괜찮아? 난 모든 것을 버리고 너에게 올 수 있어. 난 결심했어."

어느덧 배가 해안에 도착했고 요트 운항사가 내리라고 했다. 나는 배에서 내리자마자 최대한 빨리 달렸다. 에르덴이 쫓아와 내 팔을 당기며 물었다.

"미셸, 왜 그래?"

"팔 아파, 놔 줘."

에르덴은 내 손을 놓고는 나를 안아주며 귓가에 속삭이듯 말했다.

"사랑해."

"그럼 네 아내는, 그리고 아이들은….""

그 순간 잔잔했던 바다의 파도가 갑자기 크게 솟구쳤다. 우리 둘은 흠뻑 젖고 말았다. 내가 덜덜 떨자, 에르덴이 당황하여 자기의 겉옷을 나에게 걸쳐 주었다. 우리는 호텔로 가능한 한 빨리 걸어갔고, 아무 말 없이 방으로 들어갔다. 나는 열이 나서 이불을 덮고 누웠다. 에르덴은 옆에 앉아 계속 미안하다고만 한다.

고열에 정신이 혼미해지고, 코로도 숨도 쉬지 못하고 헐떡였다. 이럴 때마다 언제나 의지가 되어주는 유일한 사람, "엄마, 엄마!"를 부르며 신음했다.

***

　모든 것에는 끝이 있다. 그렇지만 그 끝이 행복할지 아니면 슬플지는 아무도 모른다. 에르덴은 밤새 나를 보살핀 듯 침대 옆에 앉아 팔베개를 하고 자고 있다. 내가 이불을 걷고 침대에서 내려오자 그제야 깨어나 달래듯이 물었다.

　"열은 어때? 다시는 아파서 나를 놀라게 하지 마."

　아무 말도 하지 않고 창밖을 내다보니 심한 폭풍이 부는지 파도가 세차게 몰아치고 있었다. 자연은 그 자체로 매우 웅장하고 강인하다.

　나는 돌아서서 에르덴을 안아주며 말했다.

　"나는 너를 절대로 보내지 않을 거라고, 영원히 내 것이라고 생각하고 있었어. 하지만 이 생각은 실현돼서는 안 되는 거잖아, 나를 용서해 줘."

　에르덴은 당황한 듯 말했다.

　"그래서 이렇게 헤어지자고?"

“너와 나게 언제가 되었든 꼭 와야만 했던 순간이잖아. 이제 때가 되었어.”

에르덴은 고개를 숙인 채 침대에 앉아 침묵하고 있다. 창문 너머에서 울부짖는 파도 소리가 침묵의 고요함을 깨뜨리고 있었다. 그는 절망한 듯 힘겹게 입을 열었다.

“너를 정말 많이 사랑하고 싶지만, 나에겐 그럴 권리가 없어. 네가 원할 때, 너를 보내주는 것이 내 의무야.”

눈가가 촉촉하게 젖어드는 에르덴을 조용히 바라보며 속으로 다짐했다.

‘그래, 너에게는 권리가 없어. 나에게도.’

이제는 우리가 서로를 놓아주어야 할 때가 되었다. 그래서 이 모든 것을 끝내기 위해 어제 혹독한 대가를 치르고 깨달음을 얻은 것이다. 나는 힘들게 미소를 지으며 말했다.

“그냥 밝고 소중하게 여기서 끝내자. 난 마음의 준비가 되어 있어. 내 삶에 빛을 준 사람은 너야. 네가 행복하기를 바라. 다시는 나 말고 다른 사람과 사랑에 빠지지 말아.”

“넌 정말 똑똑한 여자야.”

“그리고 네가 가진 모든 것에 감사하며 살아.”

에르덴은 내 앞에 무릎을 꿇으며 말했다.

"미셸, 나는 아직 준비가 안 됐어."

나는 당황해서 그를 일으켜 세우며 말했다.

"잘못된 시간에 만난 내 사랑."

우리 둘은 말없이 끌어안고 이별과 슬픔의 눈물을 흘리며 서 있었다. 나는 속으로 말했다.

'이제 영원히 안녕!'

***

우리는 어제 속초 해변에서 곧바로 우리 집으로 돌아왔으며, 에르덴이 돌아갈 항공권을 바로 예약했다. 에르덴은 나 때문에 한국에 오면서, 돌아갈 날짜를 정하지 않았었다.

공항에 도착해 에르덴이 수속을 하고 세관 검사실 문 앞에 이르렀다. 이 순간이 정말 싫었다. 내가 몽골을 떠날 때, 에르덴도 지금 나와 같은 심정이었을 것이다. 사람을 배웅하고 돌아설 때의 그 공허함. 우리는 그냥 포옹하고 서 있었다. 서로가 놓기를 원치 않으며 있는 힘껏 마지막 포옹을 했다. 결국 너의 사랑은 싸워서 얻을 수 있는 그런 사랑이 아니라며 오른쪽 어깨에 있던 악마도 굴복했다. 천천히 에르덴을 놓아주었다. 에르덴은 돌아서 세관을 향해 걸어갔다. 뒤에서 눈을 떼지 않고 에르덴이 들어갈 때까지 지켜보며 서 있었다. 에르덴이 뒤를 돌아보며 나에게 그만 가라고 손짓한다. 하지만 나는 계속 서 있었다.

에르덴이 세관에 들어갔다. 나는 벼락을 맞아 비석이 된 것처럼 한동안 멍하니 서 있었다. 후회의 감정에 빠져 허우적거리고 있는데, 에르덴이 돌아와 나를 있는 힘껏 안았다. 두려움에 얼어붙었던 내 몸이 그의 따뜻한 포옹에 녹는 것 같았다.

에르덴은 걱정되는지, 나를 위로하려고 돌아온 것이다.

"미셸, 힘들더라도 활짝 웃으며 나를 보내주면 안 돼? 네가 이러면 내가 어떻게 비행기에 타?"

그의 말은 감정의 수렁에서 나를 벗어나게 해주었고, 쏟아질 뻔했던 눈물을 삼키고 미소를 지으며 말했다.

"잘 가, 늦지 않게 빨리 들어가."

에르덴 역시 자신을 통제하며 말했다.

"고마워. 그리고 잘 있어. 똑똑하고, 아름답고, 예쁘고, 귀여운 내 사랑! 이제 작별 인사를 하려고 해. 앞으로 울지 말고, 밥 잘 챙겨 먹고, 원하는 것을 꼭 이루기를 바라! 힘들거나 대화할 사람이 필요하면 곧바로 전화해. 나는 그 누가 너를 다치게 하는 것을 원하지 않아. 사랑해!"

그 말에 위로를 받은 나는 알았다고 입 모양으로 말하고, 뒤를 돌아보지 않고, 1층으로 내려가는 엘리베이터를 향해 걸어갔다. 영혼 없이 텅 빈 몸으로 어느새 밖으로 나온 나는 흡연구역에 있는 한국 남자에게 담배가 있는지 물었다. 그 남자는 나에게 담배와 라이터를 주었다. 나는 고개를 끄덕이며 고맙다고 하고는 힘껏 담배연기를 빨아들였다. 담배연기가 목에 걸렸다. 쑥스러워진 나는 급하게 담배를 던지고 흡연구역에서 나왔다. 집으로 가는 길에 몇 번이나 지하철을 놓치고, 노선을 잘못 탔는지 기억나지 않는다. 발에 밟히는 누렇게 변한 낙엽의 바스락거리는 소리가 마치 내 심장이 찢어지는 소리처럼 들렸다. 아니면 그 소리가 아니면 내가 걷고 있는지도 몰랐을 것이다. 집에 들어서자 나도 모르게 다리의 힘이 풀리며 주저 앉았다. 그래 이제 모든 것이 끝났다. 적막한 방은 나의 울음소리로 가득찼다.

저녁에 에르덴이 처음으로 페이스북에 가족사진을 올렸다. 절반쯤 질투하는 마음도 생겼지만 좋은 일이라고 생각되었다. 가족을 더 잘 돌보고, 다시는 실수하지 않기를 바랐다. 내 심장을 찢으며, 정말 아쉬운 마음으로 보내줬으니.

# 8

봄이 왔다. 밖에는 봄을 알리는 새들이 지저귀고, 벚나무에 새
싹이 돋았다. 분주하고 활기찬 도시 서울은 젊은이들의 바쁜 몸짓
과 목소리로 가득하다. 나도 그들과 함께 발을 맞춰 움직이고 떠들
며 이 도시를 살아간다.

에르덴이 한국을 떠난 후 이불에 남아있던 그의 향기도 점차 사
라지고, 젖었던 내 베개도 말랐다. 휴대 전화에 있는 에르덴의 사진
은 이제 한 장도 남지 않았다. 기억이 희미해지기까지 5개월이 넘
게 흘렀다.

정말 힘든 시기였다. 추운 겨울날 칼같이 날카로운 찬 바람에
살이 찢겨 아프다고 소리 지르며, 포기하고 싶은 그런 날들을 견뎌
왔다.

나는 영화 〈무지개〉의 개봉을 위해 정말 바쁜 시간을 보내왔다. 그렇다, 오늘은 내 마음에 햇살이 가득하고, 얼굴에는 고통이 아닌 기쁨이 가득한 최고의 날이다. 오늘 영화 시사회에는 항상 운동화를 신고, 배낭을 메고, 머리를 묶고 다니던 미셸이 아닌 아름답게 단장한 최고의 모습으로 갈 것이다.

잠실에 있는 롯데시네마에서 5시 개봉이라, 우리 제작진은 설레는 마음으로 기다리며 앉아 있다. 몽골에서는 침게 언니가 두 명의 배우와 함께 왔는데, 세 명 모두 몽골 전통의상을 차려입고 기념 촬영을 하고 있다.

나는 마치 영화의 주인공처럼 서 있다. 몽골에서의 오픈 행사 때 입었던 빨간 드레스와 검은색 하이힐을 신었다. 갈색 머리를 묶고, 진홍빛 립스틱을 바르고, 영화관 문 앞에서 누군가를 기다리는 아름다운 공주처럼 신이 나서 주위를 둘러보며 서 있는데 감독님이 나에게 다가와 감탄하며 말했다.

"미셸, 오늘 정말 예뻐 보인다. 어때? 긴장 돼?"

"정말 많이 흥분돼요. 내 소원의 절반이 이루어졌어요."

"정말 열심히 했어. 고마워. 미셸에게서 많이 배웠어."

오후 5시가 되었고, 상영관은 사람들로 가득 찼다. 몽골 사람들과 내 친구들도 왔다. 진행자가 정중하게 우리를 무대로 초대했고, 우리는 모두 무대 위로 올라갔다. 관객들의 박수 소리가 상영관을 가득 채웠다. 무대 위에서 나는 '자신감을 주고, 꿈을 실현할 수 있도록 "날개를 달아 준 그대"는 바로 너야, 고마워!'라고 내 안의 미셸에게 박수를 보내며 서 있었다.

영화가 상영되는 1시간 50분 동안 간절히 기도하며 앉아 있었다. 부디 이 영화가 관객들의 마음에 들기를. 영화가 끝나자, 관객들은 우레 같은 박수를 보냈다.

먼저 안나가 말했다.

"언니 정말 대단하다."

아자는 놀란 목소리로 말했다.

"영화에 출연한다고 왜 말하지 않았어?"

"내 연기 어때?"

"정말 잘했어. 그리고 깨달음을 주는 정말 좋은 영화야."

오픈 행사 때 감독님이 빨간 드레스를 입고 있던 나에게 역할을 주겠다고 했었고, 거의 반강제로 출연했었다. 감독님이 편집하면서 앞으로 배우를 해도 되겠다고 말했던 기억을 떠올리며 서 있는데, 감독님과 침게 언니가 다가와 통역할 일이 생겼다고 불렀다.

TV와 신문 기자들이 우리를 둘러싸고 질문을 하기 시작했다. 기자들은 몽골 배우들이 연기를 정말 잘했다고 축하하고, 말을 정말 잘 탄다고 감탄했다. 영화에 나온 말이 훈련된 말이냐고 물었다. 몽골 아역 배우가 훈련된 말이 아니고, 그냥 보통의 몽골 말이라고 또박또박 대답했다.

갑자기 한 기자가 "나에게 한국에서 영화를 전공하고, 이 영화에 조감독으로 참여한 것을 축하한다."면서 다음 작품이 뭐냐고 물었다. 나는 긴장했지만, 머지않아 나 자신의 작품을 내놓겠다고 답했다. 그렇다. 이 질문을 받고 대답을 하며 나는 진짜 감독이 된 것처럼, 또 책임감을 갖고 자신과 약속하며 서 있었다.

행복과 기쁨이 가득한 저녁이었다. 오늘처럼 행복한 기억으로 슬픔 기억이 묻히고, 시간이 흘러 언젠가는 에르덴이 나에게 따뜻한 추억으로 남기를 바라고 있다.

\*\*\*

내가 직접 쓴 시나리오를 한국의 영화제와 영화 투자사에 제출했지만, 계속 거절당하고 있다. 그 이유는 간단했다. 내가 한국 국민이 아니어서, 영주권을 가지고 있지 않아서였다. 나는 현재 F2 거주 비자를 가지고 있기 때문이다.

그러던 중 낮 하늘의 별과 같은 좋은 기회가 찾아왔다. 영화 〈무지개〉의 감독님께서 내 작품을 영화로 만들자고 제안한 것이다. 감독님과 함께하는 영화사에서 20억 원의 제작비를 승인했다는 놀라운 소식이었다. 나는 매우 기뻐 하늘을 날 것 같았다. 가족과 친구들에게 기쁜 소식을 알렸다.

나는 온힘을 다해 작품을 수정하는 일에 집중했고 시나리오를 완성하기 위해 매일 도서관이나 커피숍으로 출근하고 있다. 오늘은 7월 6일, 그러고 보니 내 생일이다. 생일을 잊을 정도로 시나리오를 완성하는 일에 몰두하고 있던 것이다. 저녁 5시가 되어서야 집에 들어섰다. 순간 방금 만든 음식과 미역국 냄새가 진동한다. 신발을 벗고 방에 들어가니, 식탁에 음식이 차려져 있다. 식탁 중앙에는 케이크가 놓여 있고, 그 위에 촛불이 켜져 있다.

"누군지 다 아니까 그냥 나와."

웃으면서 말하자 문과 커튼 뒤에 서 있던 안나와 아자가 생일 축하 노래를 부르며 나와 종이 폭죽을 터뜨린다.

아자가 말했다.

"친구야, 생일 축하해."

안나가 거들었다.

"언니 작품이 영화화되는 거 축하해."

두 사람은 손뼉을 치며 나를 힘껏 안아주었다. 안나가 소원을 빌라고 했고, 나는 눈을 감고 소원을 빌고, 촛불을 껐다. 나의 모든 소원이 이루어지기를…. 물론 내 영화가 성공하기를 바란다고 속삭이는 그 순간에도 이 사실이 믿어지지 않았다. 두 친구가 만들어준 미역국을 맛있게 먹었다. 한국에서는 생일에 꼭 미역국을 먹는다. 자식을 낳기 위해 고생하신 어머니에 대한 존경과 감사의 뜻이 담겨있다고 한다. 그래서 그런지 엄마가 몹시도 그리웠다. 머지않아 꿈을 이루고 약속한 대로 엄마에게 돌아간다고 생각하니 나도 모르게 기쁨과 감격의 눈물이 흘러내렸다. 두 친구가 내 등을 두드리며, 우리가 만든 음식이 싱거워서 눈물로 간을 하고 있다며 놀린다.

두 사람은 가장 어려울 때에도, 가장 행복한 순간에도 언제나 함께 있어 주었다. 영화 대본이 반려되었을 때마다 두 친구가 다시 도전해 보라고 끝없이 격려해주었다. 그 덕에 다음 달부터 촬영에 들어가게 되었고, 나는 지금 대본을 수정하느라 정신없이 지내고 있는 것이다.

\*\*\*

고속도로에서 사고가 났다. 주변에 구급차와 경찰차, 사람들로 인산인해를 이루고 도로가 통제되고 있다. 토야는 길옆에 누워 있고, 막 도착한 응급대원이 토야에게 달려갔다.

토야는 응급대원의 손을 꽉 잡고 "저를 살려주세요. 저는 꼭 살아야 해요, 선생님."이라는 말을 끝으로 의식을 잃었다. 응급대원은 토야의 바이탈 사인을 체크하더니, 토야의 가슴에 자동심장충격기를 대고 하나, 둘, 셋이라고 한 후 충격을 가한다.

사람들이 옆에서 "안돼, 어떡해."라고 말하며, 다음에 무슨 일이 일어날지 숨죽여 기다리고 있다. 나 역시 그들과 함께 앉아 있다. 그렇다. 나는 오늘 몽골에서 열린 영화 시사회에서 내 영화를 첫 관객과 함께 관람하고 있다. 영화관의 분위기는 정말 뜨거웠다. 영화에 빠져들어 기뻐하고, 웃고, 흥분하고, 울고 있는 관객들의 모습을 보며 감회에 젖는다. 영화제작을 함께한 스태프들에게 감사한 마음이 든다. 촬영 당시의 추억이 아련하게 떠올랐다가 사라졌다. 엄마가 옆에서 내 손을 잡아주었다. 정말 따뜻하고 편안한 느낌이다.

영화가 끝나자 우레와 같은 박수가 터졌고, 사회자는 미셸 감독을 호명했다. 나는 엄마의 볼에 뽀뽀한 후 무대로 올라갔다.

무대 위에서 목이 메어 한동안 말을 할 수 없었다. 관객들은 계속해서 박수를 보냈고 나는 우선 수년간 딸을 그리워하고, 타지에서 아프지는 않은지, 음식은 제대로 챙겨 먹고 있는지 늘 신경 쓰고, 언제 돌아올지를 기다리며 오늘까지 딸을 믿어준 엄마에게 정말 감사하다고, 사랑한다고 말했다.

그리고 영원히 내 마음속에 살아있는 하늘나라에 계시는 아버지께 감사드리고, 당신이 말했던 인생이 평탄하지 않다는 말의 의미를 깨달았음을 이야기했다. 그리고 영화사와 감독님, 스태프들, 도움을 준 친구들, 그리고 이 자리에 함께한 관객들에게 감사를 전했다.


스스로도 잘 모른 채 목표 없이 힘들게 살아가며 방황했던 시간들, 어긋난 만남으로 고통받았던 긴 터널과도 같았던 시간을 지나, 나의 영화와 함께 드디어 엄마의 품으로, 몽골로 돌아온 것이다.

나는 나의 꿈을 날개로 삼아 이 영화 <날개를 달아 준 그대>를 만들었다.


끝.